Christoph Meckel

Suchbild

Meine Mutter

Carl Hanser Verlag

1 2 3 4 5 06 05 04 03 02

ISBN 3-446-20219-6

Satz: Satz für Satz. Barbara Reischmann, Leutkirch
Druck und Bindung: Kösel Kempten
Printed in Germany

Die Kinder sind so klein, sie betrachten einen Raben auf dem Baum, sie stecken die Nase in die Luft, ihre Arme hängen herab; dann fliegt der Rabe fort, und sie wissen nicht, was sie tun sollen.

C. F. Ramuz

Die Illusion kann man nicht essen. Aber sie nährt.

Gabriel García Márquez

Die Wahrheit ist dem Menschen zumutbar.

Ingeborg Bachmann

Ich berichte von meiner Mutter, während sie lebt. Die Tatsache kam mir am Anfang erstaunlich vor. Mir selbst schien fraglich, ob das möglich sei, ohne Verfälschung oder Vorurteil, in unbedenklicher Weise vor ihr und mir. Die Sätze sind vorbereitet durch eine Distanz, die jahrzehntelanges Entferntsein zu Sprache macht, und berühren unmittelbar ein zentrales Motiv: ich habe meine Mutter nicht geliebt. Diese Erfahrung – sie ist alt geworden – kann so erleichternd wie erschreckend sein. Das Fehlende ist nicht vergleichbar mit Wenig und Nichts. Es sammelte sich, nicht faßbar, im Hintergrund kindlichen Lebens und wurde früh als Ohnmacht wahrgenommen. Ein Gliederreißen der seelischen Anatomie; ein Geheimnis, das Leere verbarg und Leere verbrauchte. Es machte sich gegenständlich als taube Last, die sich nur zögernd zu erkennen gab. Es ballte sich um die Erscheinung einer Frau, die meine Mutter war, meine Mutter sein sollte, eine Mutter, die meine war, und also geliebt. Es wurde vorausgesetzt, daß die Mutter geliebt wird, es wurde erwartet, veranstaltet und befohlen. Die Mutter wurde geliebt wie die Großeltern auch, wie der Vater auch, wie die Tanten und alle andern, in einem Familienbetrieb ohne Korrektur, der blind aus der Herkunft kam und in Zukunft galt. Fehlende Liebe in einem Zusammenhalt, der die Kindheit verhaftet und lange bestimmend bleibt. Sympathie oder Liebe, die nicht vorhanden ist, durch nichts ersetzt werden kann und durch nichts getäuscht. Liebe, die fehlt (sie kann nicht gezaubert werden), täglich, nächtlich, und also immer fehlt, unbegreiflich am Anfang, in schleichender Lähmung, dann staunend erfahren, dann konstatiert. Es hat keinen Sinn, einer Mutter den Vorwurf zu machen, der Ursprung fehlender Liebe gewesen zu sein. Das Fehlende suchte nach einer lebendigen Form, die der alten Erkenntnis Atem und Zukunft gab. Im Mangel gelebt zu haben war offensichtlich. Ich hatte ein Vakuum zu überwinden, und ein Defizit, das ersticken kann.

Der eigene Wortlaut kann nicht verschoben werden. Er verlangt, geschrieben zu werden jetzt und hier (an heißen Sommertagen in der Provinz), ohne Rücksicht auf das Modell und den Autor selbst. Ich warte nicht auf den Tod des erzählten Menschen; ich wünsche, daß er lebt so gut wie ich. Ihn abzuwarten kann nicht erträglich sein, für meine Mutter sowenig wie für mich selbst. Doch kann ich kein Wort verzögern aus Pietät. Pietät ist verfehlt, schon immer verfehlt gewesen. Die Sympathie, die einzige, die ich empfinde, besteht in der objektivierten Erinnerung.

Kindheit und Jugend schwirrten von Gerede. Es wurde unentwegt über Menschen gesprochen, mit Vorliebe über Menschen der eigenen Familie, des täglichen Umgangs oder der Nachbarschaft. Die Gesprächszentrale schien meine Mutter zu sein, obwohl sie nicht mitteilsam oder redselig war. Sie schien so gut wie nie von sich selbst zu sprechen, ihr Rechthaben sparte die eigenen Belange aus. Beurteilung oder Meinung betrafen andere. Die Form der Gespräche, in denen sie dominierte, die Art ihres Sprechens, in der sie nicht angreifbar war, hatte offiziellen Charakter, gepflegt und kühl. Sie beherrschte Regeln und Tonart der Konversation. Sie machte Konversation in lebhafter Weise und war auf gemäßigte Wortlaute angewiesen. Sie schien in der feinen Förmlichkeit aufgehoben. Ohne sie wäre ihr wenig zu sagen geblieben. Ein Gegenstand wurde besprochen und fallengelassen, dann wieder besprochen, dann wieder fallengelassen. Der ausgeatmete Mensch verschwand im Raum. Der Stoff der Gespräche mußte Thema sein.

In dieser Manier, die zu maßvoller Teilnahme zwang, entfiel (das verstand sich von selbst) jedes heftige Wort. Keine offene Kontroverse, kein Fluch, kein Witz, meine Mutter hat nie ein falsches Wort gesagt. Brillant oder geistvoll sollte das alles sein. Sie ließ ein Thema, das sie störte, fallen. Sie konnte so tun, als habe es sich erschöpft. Durchdringende Analyse erschien ihr geschmacklos und Schärfe des Erkennens erträglich nur, wenn sie angenehm zu vermitteln war. Sie schien am kritisch-schönen Umkreisen von Wahrheit, doch nicht an Wahrheit als Tatsache interessiert. Sie war an nichts Unmittelbarem interessiert. Meine Mutter hat niemals einen Menschen gekitzelt, ins Unrecht gesetzt oder einfach ausgelacht. Kein Mensch hat ihr einen Klaps auf die Backe gegeben. Ein dirigistischer Hochmut verbat alle Spiele, ihre Klugheit vertiefte sich klangvoll in Dialoge, der Rohstoff des Lebens verschwand in der eigenen Erscheinung, die kein Zweifel an ihrem Rechthaben aufkommen ließ.

Ich nahm an Gesprächen meiner Mutter teil, unfroh, widerstrebend und mit Protest. Mein wortreicher Querschlag erstickte in Ignoranz. Was wurde gesagt. Es wurde nicht viel gesagt. Es wurde eine veraltete Form erfüllt, mit dem Anspruch auf Rechtmäßigkeit und Vorbildlichkeit. Nicht viel war lebendig für mich in diesen Normen. Aber ich sah: meine Mutter lebte darin.

Sie bemächtigte sich in schwärmerischer Betonung (die meist verfehlt erschien und nicht leicht zu ertragen) vor allem der Kunst und im Alter der Religion. Hoch über allem erschien der Familienkreis. Er war der unerschöpfliche Grund des Redens, in dieser Mühle wurde der Mensch zerdreht. Vor allem mein Vater wurde hier durchgenommen, und wie sich der eine entwickle, der andere verhalte, wie gut, verdienstvoll, beklagenswert oder unmöglich; wie nett der eine Sohn, wie befremdlich der andere; wie reizend die eine Freundin, wie fraglich die andere. Das Reden stellte eine Wirklichkeit her, die alles Tatsächliche im Triumph verschlang. Während des Redens behielt sie grundsätzlich recht. Die Abwesenheit der andern gab Anlaß zu reden, der Geopferte schien vor allem mein Vater zu sein: wie mit ihm umzugehn sei und was man befürchte, was besser verschwiegen werde und was man da mache. Familienverhandlung im Richtstuhl der Selbstgerechten. Ich erfuhr Gespräch als eine Form des Zerredens, als Zerfressen von Wirklichkeit und persönlichem Zauber, als Gefräßigkeit am lebendigen Dasein der andern, als Verwüstung dessen, was selbstverständlich war. Da meine Mutter nichts preisgab von eigenem Befinden, es sei denn Nervosität und Belastung durch andere (und doch auch Gegenstand des Zerredens war, wie jeder andere, in ihrer Abwesenheit), schien Gewißheit und Recht von ihr verkörpert zu sein. Verflüchtigung aller Gefühle in solchen Reden. Kein Mensch schien am Leben gelassen, wie er war.

Im Echoraum der Erinnerung schwirrt das Gerede, die Verfälschung des Menschen als Inhalt der Konversation. In alledem ging die Mitmenschlichkeit verloren. Die Revolte verpuffte im Unverständnis der Mutter und überall dort, wo einer erwachsen war. Sie erstickte in festgesetzter Harmonie. Ich nahm an einem beständigen Schiffbruch teil. In Rettungsbooten brachte ich weit hinaus, was unermeßlich und eigener Wortlaut war.

✲

Einmal sah ich meine Eltern tanzen, auf einem Sommerfest bei geöffneten Türen. Die Villa der Gastgeber stand am Schwarzwälder Hang, von Gärten und Hecken umgeben, ein Haus voller Bilder, in dieser Nacht ein Gehege lokaler Kultur. Im Garten wurde gelacht und Wein getrunken, ein Hammel wurde auf offenem Feuer gedreht (gewürzt und gesalzen, mit Wein übergossen), ein Feuerwerk ging in die Mitternacht, verknatterte über den Buchen, versprühte im Laub. Ich sah meine Eltern als Paar, ein schönes Bild. Sie tanzten gut und und freuten sich daran, sie konnten ihrer Erscheinungen sicher sein. Die Gewandtheit meines Vaters, sein sicherer Schritt, in fidelen Tangogeräuschen der Vorkriegszeit. Die Heiterkeit meiner Mutter, ihr strahlender Blick. Mit einem Mal erfaßte ich ihr Bild: das nichtgelebte Leben dieser Frau.

Ihr hätte ein dargereichtes Leben entsprochen, Sorglosigkeit in einer gefestigten Norm, voll platonischer Leidenschaften und Koketterie, in einer Epoche hundertjährigen Friedens, liberale Monarchie der Jahrhundertwende, ein Ambiente der Wohlhabenheit und schönen Künste, dort, wo sie erfolgreich in der

Gesellschaft stehn, diskutiert, applaudiert, gekauft und gefeiert sind. Es würde ihr dargereicht von einem Herrn mit Beletage, Vermögen und Personal (er hätte es dargeboten und garantiert, er hätte es ihrem Anspruch zu Füßen gelegt), ein Akademiker oder Literat, vermutlich ein Mann von Welt, profund und glänzend, Charakter im Stil erfolggewohnter Zeit.

Sie würde als Dame des guten Hauses erscheinen, geschmackvoll, geistreich, gebildet und respektiert, das selbstverständliche Zentrum eines Salons. Hier wäre die Intelligenz des Ortes zu Gast, eine mittlere Kapitale im deutschen Bereich, hier stellte sie sich selbst als liebenswert dar, glänzend im Wechselspiel interessanter Gespräche, das Angemessene verkörpernd im Schutz ihres Mannes, verfeinerte Oberfläche und *bel esprit*. Ein begrenztes Maß an Nachdenklichkeit oder Tiefe, ein Anhauch von Melancholie, das stünde ihr gut. Ihre Söhne und Töchter wären erfolgreiche Menschen, im Aufstieg begriffen, konform mit Interessen des Hauses, Entwicklungen ohne Umweg, subtile Karrieren. Sie gäben ihr die Chance, auch hier zu stolzieren, geliebt zu werden und glücklich als Mutter zu sein. Sie fänden Frauen und Männer, sehr gute Partien, von ihr lanciert oder wenigstens gutgeheißen, stabile Ehen, erfreulich und familiär. Sie wäre die Mutter und Großmutter ihres Hauses, die unangefochten Thronende eines Clans. Ihre Ehe ein ständig erneuter Zusammenhalt, vertieft, gesteigert und wachsend in langen Spiralen, beruhend auf Vertrauen, Geschick, Distanz, erotisch ausgeglichen und seelisch leicht, in empfindsam erfüllter, lebhafter Förmlichkeit. Ein Alter ohne Gefährdung und Politik, von Psychologie und psychotischen Lasten frei, in charmant reflektiertem Orgeuil und bequemer Fasson, von Schwiegertöchtern und reizenden Enkeln umgeben, schwelgend in Urteil, Meinung und Ambition. In protestantischem Idealismus gefestigt, der nichts verändern will, doch später hilft, die Miseren der Welt benötigt als Antrieb des Handelns, als Grund für Mitgefühl, Besinnung und Trost. Stoische Christlichkeit der Wohltätigkeiten, in der man Verbrechen bedauert, doch nicht verfolgt (der Würdelose ist durch sich selbst gestraft). Gerechtes Erbarmen mit Unterdrückung und Not, gerechtes Hoffen, vertrauensvolle Geduld. Naturschwärmerei, die Kunst und die dauernden Werte, eine weiterreichende Nachwelt, ein Weltgebäude, in dem sich die Schöpfung sinnreich offenbart.

Sie liebte ein Bild von Renoir (*Le chemin montant dans les herbes*, 1875).

Ein sommerlich durchlichtetes Hügelgelände, vermutlich im Juni, denn Mohn ist im Gras zu sehn. Eine Pappel dahinter teilt den offenen Raum. Im Hintergrund verschwebt ein blaues Land. Ein paar Personen erscheinen, das alles ist heiter, sie bewegen sich auf den Betrachter zu, es könnte der Ausflug einer Familie sein. Gebüsch, ein Zaun, ein Weg vom Hügel kommend, weiß zwischen Gärten und ihrer

Verwilderung – man bewegt sich sorglos darin für eine Weile und kommt gegen Abend gern nach Haus. Man ist spazierengegangen, hat Blumen gesammelt, sonst ist nicht viel geschehn, und das war das Glück.

⁂

Heller werdende Tage des südlichen Sommers. Wind in Platanen und Pappeln, die brausenden Äste. Glanz der Ginsterblüte an allen Hängen, das Heu wird eingeholt und die Malven wachsen. Saisonarbeiter in den Tälern. Kirschenzeit, man ißt wieder Kirschen vom Baum.

In der Provinz vergrößern sich die Distanzen. Der Lärm der Städte entfällt, jeder Aufwand entfällt, Tumulte von Menschen, Gesprächen und Physiognomien, die Aktualitäten und Kolportagen, die halbwahren Wichtigkeiten, der Zeitverlust. Der Tag ist lang, die Zeit in ihm ist nackt (die Schönheit der Bäume und Berge ändert nichts). Mit ungeheurer Härte füllt sie den Raum, ein Anprall von Zeit, jede Stunde ist ein Massiv, kompakt und unentrinnbar, durch nichts zu zerstäuben. Ich lebe im Zusammenprall mit der Zeit, im Zusammenstoß mit mir selbst, ohne Anlaß und Grund. Hier kann ich mir nichts verbergen und nichts ersparen, ich überliste mich nicht, zerstreue mich nicht. Hier ist das Glück eine Form der Desillusion, die alles durchdringt, was sich lebend erfassen läßt. Hier habe ich Bilder gemacht und Bücher geschrieben, hier habe ich mich am besten kennengelernt. Ich habe mich immer und überall kennengelernt, zu jeder Bedingung, in jeder Situation, aber hier auf dem Land, ohne Ausweg und Flucht vor der Zeit, habe ich mich am verläßlichsten kennengelernt.

Hier habe ich meine Leute kennengelernt. Ich habe sie immer und überall kennengelernt, zu jeder Bedingung, in jeder Situation, aber hier auf dem Land, ohne Ausflüchte, Masken und Moden, habe ich sie am grundsätzlichsten kennengelernt. Wer zu Besuch kommt, weiß nicht, wie nackt er erscheint. Sein Erscheinen wird von keiner Gewohnheit getragen, ihn schützt keine Menschenmenge, ihm hilft kein Versteckspiel. Er stellt sich dar, wie er ist, und kann nichts daran ändern. Wir sind hier im Raum allein und durch nichts geschützt. Die Unbarmherzigkeit des leeren Raums (die von Landschaft und Jahrzeit nicht besänftigt wird) entscheidet über das echte und falsche Gefühl, sortiert Theorien und Weltbilder, Freunde und Feinde. Hier bin ich in Klang und Logik der Wörter zu Haus. Hier, hoffe ich, scheidet ihr Echo den Mißklang aus.

Durch die geöffneten Türen strömt das Licht.

Hier gewinnt die Erinnerung ihre reinsten Bilder. Sie entwickelt Kontrast und Kontur ohne äußeren Anlaß und läßt sich Zeit bei Recherche und Projektion. Sie bemächtigt sich des Tagtraums für ihre Schärfe, hier treten die Toten wie die Lebenden auf.

Sie haben sich eingestellt ohne spürbaren Anlaß, sie sind von allein in den offenen Raum gelangt. Sie kommen und gehn in nicht deutbarer Reihenfolge und handeln fremde Gesetze unter sich aus. Sie geben die ihnen eigene Form zu erkennen, mit der stillen, vibrierenden Starre von lebenden Bildern. Ein Bild meiner Mutter taucht hier selten auf. Mir scheint, ich habe nicht oft an sie gedacht. Der Gedanke verdeutlicht die immer gleiche Figur. Sie sitzt in der Mitte des Sofas und liest. Geschwungene Rokokoleisten flankieren die Schultern. Über dem Kopf, dem lebenslang schwarzen Haar, eine Landschaft von Emil Bizer in kunstlosem Rahmen (sie stellt den Oberrhein im Winter dar). Meine Mutter ist mit aparten Stoffen bekleidet und trägt ein schweres Armband aus gelbem Horn. Das Buch unter ihren Händen ist nicht zu sehn (die ovale Tischplatte scheint es vor mir zu verbergen), doch handelt es sich um die schöne Literatur, ein Band von Proust, eine Auswahl von Mallarmé. Das ist in der Freiburger Wohnung, dem Ort meiner Jugend, im engen Wohnzimmer mit den bescheidenen Stühlen, dem bebenden Bretterboden, dem Teppich darauf. Zwei alte, am Rand zerschlissene Sessel stehn dort, eine Biedermeierkommode, der Spiegel darüber, und die zarte, bräunliche Hülse des Hammerklaviers. Zwei Fenster gehn in das Grün der Siedlung, von angehängten Stoffwülsten isoliert. Sie hebt den Kopf, als habe sie mich bemerkt (so schien sie mich hunderte Male bemerkt zu haben, so wurde sie immer wieder beim Lesen gestört, am frühen Abend, wenn man nach Hause kam). Sie sieht mich zerstreut, ein wenig fassungslos an, es ist nicht sicher, ob sie mich bemerkt oder einen der Brüder vermutet, ein störendes Kind. Ich erhalte Gelegenheit, ihr etwas zu sagen, doch lädt mich ihr Ausdruck nicht ein, es wirklich zu tun. Sie scheint in Ruhe zu warten, daß etwas verlautet, sie scheint bereit, einen Wortlaut entgegenzunehmen, ein lautloser Unwille scheint sich im Raum zu verbreiten, sehr fein, kaum merklich, vielleicht nur vermutet von mir. Da kein Wort sich ermutigt fühlt und nichts erfolgt, da der Platz im Raum der Dame im Sofa gehört, da Störung zu offensichtlich das Kind verneint, vielleicht zurückweist in eine andere Zeit, bleibt der Raum ohne Wortlaut leer, und sie senkt den Kopf. Ihr Gesicht fällt in das Buch. Sie schweigt und liest.

✲

Meine Eltern lernten sich in Freiburg kennen, als Studenten der philosophischen Fakultät, und verliebten sich auf unterschiedliche Weise. Meine Mutter, aus Preußen kommend, war fasziniert. Erstmals begegnete ihr eine Lebensart, die aus der Fülle kam und südlich war. Mein Vater, in ihr geboren, ein schöner Mann, schien vollkommener Ausdruck dieser Landschaft zu sein. Er äußerte Gefühle, schrieb Verse und tanzte, das alles kultiviert und im Rahmen dessen, was ihrer Nachempfindung verständlich war. Zahlreiche Männer gaben ihr das Gefühl, verehrt, begehrt und ohne Vergleich zu sein, sportliche Knickerbocker und musische Köpfe, Logiker, Intelligenzler und Karrieristen. Sie glaubte die Wahl zu haben und ließ sich Zeit.

Mein Vater verliebte sich restlos, auf einen Blick. Sie war die einzige Frau, die in Frage kam, und es spielte keine Rolle, wer sie war, aus welchem Milieu sie stammte und was sie studierte – Bedenken, Ausflüchte, Launen bedeutungslos. Für ihn stand fest, daß *er* die Frau gewann. Sie erschien als *beglückende Gegenwart seiner Wünsche*, er führte sie im Haus seiner Eltern ein, stolz auf sie und stolz auf die Ansicht des Vaters (der nichts an seinem Sohn für bemerkenswert hielt), daß die ausgesuchte Frau *präsentabel* sei. Meine Mutter entschied sich für ihn in der Überlegung, daß er ihrem Anspruch auf Zukunft am nächsten sei. Er wollte Schriftsteller sein und verehrte sie. Seine Leidenschaft war drängend und rückhaltlos. Die anderen liebten sie auch, aber weniger drängend, und hatten den Nachteil, normale Studenten zu sein. Sie studierten Betriebswirtschaft oder Medizin. Der Mann, der sie liebte, sollte herausragend sein. Er mußte etwas bedeuten und darstellen können. Er mußte in jeder Hinsicht Erscheinung sein. *»Der Mann, der mich wollte, mußte schon Schriftsteller sein.«*

Beide wünschten ein Leben in Berlin, und beide legten bestimmte Bedingungen fest. Mein Vater bestand auf Hochzeit im weitesten Rahmen, mit amtlicher Trauung und kirchlicher Zeremonie (die protestantisch sein sollte nach ihrem Wunsch), im großen Kreis der Verwandtschaft (und an dem Ort, den sie zur Bedingung machte, im Haus ihrer Eltern), mit Brautkleid, Polterabend und Flitterwochen, eine festliche Demonstration des von ihm Erreichten, dessen höchster Ausdruck die Eroberte war. Er hatte den Grundstein seines Lebens gesetzt und präsentierte sich mit Elan und Stolz.

Die Bedingung meiner Mutter sah langfristig aus. Sie verlangte Beweglichkeit und wollte reisen, nach Absicht, Bedarf und Vermögen, vor allem allein. Sie bestand ohne Einschränkung auf dem festen Satz, daß die Erziehung der Kinder kirchlich sein müsse, konsequent protestantisch, mit Taufe und Konfirmation. Mein Vater gab seiner Frau in allem recht. Er unterwarf sich der Faszination durch sie, in Bewunderung und kritikloser Aufrichtigkeit, sie war und blieb der Inbegriff einer Frau, die er sein Leben lang verehrend umwarb. Sie nahm ihr Idealbild mit Charme entgegen, lebte in ihm mit offener Eitelkeit, liebte sich selbst in den Strahlungen seiner Liebe, und gewöhnte sich an, die Überlegene zu sein. Starres Geblendetsein verbot die Erkenntnis, daß seine Frau gelegentlich eintönig war, etwas spröde, muffig und selbstgerecht. Es bestand für beide kein Zweifel an ihrem Verständnis, an Tiefe und Weite ihrer Empfindsamkeit. Mein Vater hätte sich jeden Satz verbeten, der das Feingefühl seiner Frau in Zweifel zog. Ihre Vollkommenheit bestätigte ihn. Er war der Mann, der die Frau als Wesen verklärte, als Mutter und Ehefrau ehrte, zur Muse erhob, in den Himmel hob und in alledem Künstler war. Er erblickte in seiner Frau ein Mysterium. Im Schutz dieses Irrtums war ihr Spielraum groß. Sie nahm für immer an Glanz und *Wesenheit* zu. Ihre rational sublimierte Körperlichkeit, erotische Indifferenz und Instinktlosigkeit, ihre Geistesabwesenheit, ihr Mangel an Wärme, das Synthetische ihres Wesens und ihre Launen – er war bereit, es als kostbar anzusehn. Im Fehlen sexuellen Lebendigseins erblickte er Würde und Überlegenheit. Die Liebe wurde vollzogen nach ihrem Maß. Seine Körperlichkeit, die sinnenhaft reich war und fordernd, erschien ihm verletzend und grob, *ohne sittliche Reife*, seine Frau schien weit voraus in den Sachen der Liebe, er unterwarf sich durch Haltung, Beherrschung, Form. Ein Unglück mehr und ein Wahn im Dasein des Mannes, der Illusionen brauchte, um da zu sein. Ihm fehlte ein Leben lang die normale Frau, ein selbstverständlicher Körper, der mit ihm sprach, ohne Vorbehalt liebte wie er, ein irdisches Herz. In dieser Gewißheit hätte er leichter gelebt.

Ich war vierzehn Jahre alt, als ich spürte, daß erotische Unfreiheit meinen Vater beschwerte. Unausgelebtes Leben schlug um in Macht, die behauptet wurde von einem gequälten Mann. Er bestaunte resigniert die nicht faßbare Frau, die grundsätzlich gemessen und souverän erschien, die ihn allein ließ, von seinem Körper nichts brauchte, und sie hielt das Fehlende keiner Rede wert. Andere Frauen interessierten ihn, erotische Eifersucht schien ihr nicht bekannt. Sie schien im Gegenteil erleichtert zu sein, daß sein Interesse sie in Ruhe ließ. In dieser Ratlosigkeit, die die Schwermut vertiefte, ihn lebenslang zur Verfälschung der Kräfte zwang, erschien mir mein Vater auf traurige Weise verständlich. Die wachsende Anhänglichkeit an seine Frau, von ihr als belastend empfunden und abgewehrt, schien Ausdruck elementarer Verzweiflung zu sein, ein Anbeten und Bedrängen, ein Hoffen und Werben, ein Lieben ohne Aussicht auf Resonanz. Ich sah, daß mein Vater litt, bewußtlos und chronisch, Ideal und Idee zersetzten seine Substanz, im Glauben an sie verlor er, was wirklich war: den Körper, den Atem, den Rausch, die Gewöhnlichkeit. Das Mysterium dieser Frau, von ihm beglaubigt, die weibliche Intelligenz, von ihm bestaunt, die frigide Körperlichkeit, von ihm verehrt, zerstörten ihn selbst und machten die Frau nervös. Sie entzog sich immer sichtbarer seinen Zwängen und erstarrte ausdruckslos in Verweigerung, unansprechbar, immer mehr selbstgerecht. Sie konnte sagen, daß er ihr lästig sei. Entgeisterung: *Was will dieser Mann von mir.* Sie zog sich zurück in Lektüre, Gemeinde und Freundschaft, hielt hin, lavierte, stolzierte und liebte nicht.

Beiden gemeinsam war, aus verschiedener Herkunft, der unbedingte Glaube an Intelligenz. Er wurde durch akademisches Leben bestärkt. Geist, Bildung und Intellekt waren Hoheitsbegriffe, gehörten zum guten Ton der dreißiger Jahre und standen dem akademischen Bürger zu. Sie erschien als Basis ihrer Gesellschaftlichkeit, sie überstrahlte den Glorienschein des Talents. Sie war die Voraussetzung öffentlichen Erscheinens, privater Selbstbehauptung und Grund für Applaus. Die Intelligenz und ihre Salonfähigkeit, ihr glänzender Auftritt in Kunst und Literatur, bedeuteten meiner Mutter unendlich viel. Sie wirkte sich aus als erotische Faszination und konnte als Grund für die Liebe ausreichend sein. Sie galt als Entschuldigung für falsche Thesen, politischen Irrtum und skandalöse Moral. Ein Mensch war intelligent, und das hieß interessant, wenn er ausgeprägt mit ihr in Erscheinung trat. Mein Vater paßte sich dieser Gewißheit an. Seine Witterung, seine erotische Vitalität verschwanden in einer Aura von Intelligenz, die schöngeistig-literarisch zur Wirkung kam. Wer weniger intelligent oder glänzend war, seiner Intelligenz nicht zu Form oder Ausdruck verhalf, gehörte in eine zweite Kategorie, die dem Urteil der Intelligenz unterworfen war. Der deutsch-liberale, politisch begrenzte Begriff (er schloß jede linke Orientierung aus) hatte nichts mit der *Intelligentsia* der Welt zu tun. Von Politik verstand meine Mutter nichts. Ihr Antikommunismus erschien pauschal (Befürchtung, Desinteresse und Ignoranz). Sie reagierte auf das Geschehen der Zeit mit dem Hochgefühl protestantischer Rechtlichkeit. Sie rechnete mit dem Ende des Dritten Reichs und ahnte, wie viele, die Teilung in Ost und West. Sie empörte sich, wie mein Vater, aus Gründen des Stils, doch entschiedener als er und ohne Deutschtümelei. Ihr setzten ungerechte Verhältnisse zu. Sie erkannte menschliches Leiden vor allem dort, wo es nicht in Hautnähe kam, sondern bildhaft blieb. Sie verachtete Nationales, doch hielt sie es fest, wo Familie als Ideologie zur Debatte stand. Sie war sich mit meinem Vater einig darin, daß die Frau, das Kind, die Familie heilig sei. *»Die anderen haben Töchter, wir haben Söhne!«* Mein Vater war stolz auf den Satz seiner deutschen Frau.

Sie hatte bei Heidegger Philosophie gehört, als Anglistin summa cum laude promoviert, sprach Französisch und Englisch mit sprödem Akzent, las Literatur und schien eine Dame zu sein. Die Bescheidenheit ihrer ersten Ehejahre (man wechselte kleine Wohnungen in Berlin) galt als Boheme, gehörte zur Intelligenz und wurde auf romantische Weise erlebt. Sie begleitete meinen Vater in seinen Interessen, erfreute sich an Erfolgen und fand es schön, mit redegewandten Köpfen zusammenzusein. Mein Vater verkörperte die Profession, im Umkreis von Rundfunk, Presse und Literatur. Durch ihn kam ins Haus, was als Reiz und Anregung galt und was sie als selbstverständlich in Anspruch nahm: interessante Leute, Verleger und junge Poeten, Architekten und Schauspieler ihrer Generation. Bekannte Literaten verehrten sie, und Peter Huchel war ein Freund. Die lebhafte Unterhaltung nahm alles auf, sprach alles durch, gab alles wieder her, und prägte sich als Form ihres Denkens aus. Sie reiste nach Paris und zu ihren Eltern, besuchte Freundinnen, wanderte in der Schweiz. Mein Vater blieb ungern allein, er verdiente Geld, vermißte sie und verwöhnte den ersten Sohn. Seine Frau war sorglos, wollte sorglos sein, beanspruchte Sorglosigkeit als persönliches Recht. Sie machte sich keine Gedanken um ihren Mann und keine Sorgen um das kleine Kind. In ihrer Abwesenheit waren Dienstmädchen da, zur Versorgung des Kindes auf kurze und längere Zeit. Die Sorglosigkeit erhöhte ihren Charme. Die Sorge schien Sache ihres Mannes zu sein.

Er war der Fels der Familie und ihre Gewähr. Er erfüllte und garantierte das Glück seiner Frau, das Wohl seines Kindes und baute die Zukunft auf. Es gehörte zu seiner Frau, daß sie schwelgte und schwärmte, im reflektierten Konsum alles Guten und Schönen. Die Sorge, das Geldverdienen betraf nur ihn. Mit Mühe und Arbeit hatte sie nichts zu tun. Sie schrieb bei Gelegenheit ein paar Feuilletons (reizvoller Ausdruck ihrer Intelligenz) – eklektische Interessen, gepflegte Sentenzen, konziliante Kritik in den Tonarten ihres Mannes. Klassische Werte im Rahmen von Kunst und Kultur. Bedachtsame Abhandlungen, ein Taschengeld.

Ihr Anspruch auf Sorglosigkeit hielt lange vor und behauptete sich trotz Krisen im Dritten Reich.

Reichsschrifttumskammer war kein Begriff für sie, sie wußte nicht, daß ihr Mann dort Mitglied war. Bei Ausbruch des Kriegs – der zweite Sohn war geboren, die Freunde wurden zerstreut, ihr Mann war Soldat – brach die heitere Zeit ihres Lebens ab. Sie war einunddreißig Jahre alt. Unvorbereitet, ohne Übergang, war sie bedrückenden Sorgen ausgesetzt. Es lag an ihr, die Familie zusammenzuhalten. Lucie, das Dienstmädchen, trug die gewöhnliche Last.

Die Zeit der Verantwortung dauerte sieben Jahre. Man sprach im Scherz von ihrer Regierungszeit. In ihr fand statt und wurde überlebt, was für Millionen Deutsche bestimmend war: mehrfacher Ortswechsel, Kälte, Hunger und Not; Bombardierung, Angst, alltägliche Lebensgefahr; das Vermißtsein ihres Mannes, der Tod ihres Bruders; das Herunterkommen in Armut und Wohnungsnot; der Wechsel von Razzien, Besatzungsmächten und Zonen; die Ernährung ihrer Kinder und ihrer Eltern und schließlich die zur Beklemmung gewordene Frage: wann kommt *dein Vater* aus der Gefangenschaft; wie wird man leben und wer wird man sein.

Sie war, was zeitgeschichtliche Formeln behaupten: die deutsche Frau, die tapfere Mutter im Krieg, die Frau des Frontsoldaten – ein deutscher Fall. Sie mußte sein, was sie nicht war: praktisch, nützlich, entschieden und konkret; einfallsreich, voraussichtig, selbstlos und zäh. Lebenstüchtigkeit, von ihr verachtet, wurde zum chronischen Zustand, ein Kriegsberuf. »*Meine Gedanken kreisen immer mehr darum, daß wir leben bleiben möchten, bis E. da ist und ich sagen kann: hier sind wir, hier sind deine Kinder, bewahrt geblieben. O der Augenblick, wo die Verantwortung von mir genommen wird.*«

Tröstungen, Zufluchten, Strohhalme, alles half. Die immer festere Nähe zur Kirchengemeinde, das immer mehr schwebende Bild des gefangenen Mannes, dessen Abwesenheit ihr erlaubte, ihn so zu lieben, wie es *ihrem* Wesen und *ihrem* Empfinden entsprach: Berührungen ohne Fleisch, ein gedanklicher Eros, der nach Gegenwart, aber nicht nach Körper verlangt.

Für mich blieb meine Mutter immer dieselbe, und Krieg und Frieden änderten nichts an ihr. Sie war etwas abwesend, unduldsam und gereizt (was jedem ihrer Kinder begreiflich war), nahm Fragen oder Berichte nur flüchtig auf. Zerstreute Antworten, fehlende Heiterkeit. Sie war nicht erreichbar. Eine Manier des Verordnens prägte sich aus. Du gehst als erster zu Bett und du als letzter; du ißt die Kartoffeln, du den Haferbrei; du setzt dich auf jenen Stuhl und du auf diesen; Sie, Lucie, schneiden die Rüben, danach den Salat. Ein freudloses Ordnungssystem in kleiner Verteilung, dem alles Erreichbare unterworfen war. Meine Vergleiche mit dem fehlenden Vater, laut gedacht oder ohne Bedenken geäußert, fielen nie zu ihren Gunsten aus.

✲

Das war ganz reizend gewesen, zu Anfang des Krieges, als das Kind seiner Mutter täglich Briefe schrieb: Liebst du mich? Ich liebe dich auch. Ich liebe dich. Liebst du mich auch?

Der Vater war in Polen, das Kind saß am Tisch, die Mutter in ihrem Zimmer las oder schlief. Wie anhänglich war das Kind, wie bedürftig nach Liebe, wie *rührend* das alles war und wie lästig es wurde.

Ich saß am Tisch und verfaßte Briefe an sie, mit dem ersten eigenen Vorrat an Abc, gekrakelt, gemalt mit verschiedenfarbigen Stiften, und steckte sie unter der Tür ihres Zimmers durch. Ich malte Tiere ab und zeichnete Häuser, kopierte Verse und gab sie als eigene aus. Sie lagen auf ihrem Teller, in ihren Schuhen, ein Ostereierspiel versteckter Papiere, um Antwort wurde gebeten, sie traf nicht ein. Die Mutter war wie immer zerstreut und fern. Ich ging zu ihr und fragte persönlich nach.

Liebst du mich?

Ja, Kind, und nun geh in den Garten.

Ich liebe dich.

Ja, Kind, und nun iß deinen Apfel.

Sie nahm die Briefe nicht ins Zimmer mit. Sie lagen tagelang im Haus herum.

✲

Nichts an meiner Mutter erschien je nackt. Sie bewegte sich in festgeschlossenen Kleidern, in immer gleicher, seriöser Verhaltenheit, und jede Nuance an ihr gab zu verstehn, daß der eigene Körper nicht in Frage kam. Ich hätte ihn mit Freude wahrgenommen, vielleicht verwirrt, in Neugier und Faszination. Es hätte dem Kind, das ich war, nicht weiter geschadet, ein Stück Natur der eigenen Mutter zu sehn.

Früh in der Kindheit begann, was *erhaschen* heißt, das in flüchtiger, fliegender Neugier berührte Knie, der unschuldig indiskrete Blick in das Kleid, das heimliche, schnelle Erfassen von Wink und Laut. Die frühe erotische Neugier wurde nicht satt. Die Hände waren schneller und klüger als ich, sie hatten etwas vor, das ich nicht verstand. Der Blick flog ohne mein Einverständnis weg, er setzte sich an Frauen und Mädchen fest. Unbestimmte Erkenntnis beim Anblick der Körper. Saftige süße Gewißheit von Fleisch und Haut. Nichts schien erregender als Atmen und Lachen. Was fing man damit an, wie verbrauchte man das. Mit Ausnahme meiner Mutter und weniger Frauen, die Schürzen, Lodenmäntel und Brillen bewohnten, schien jede Frau in der Sache beschäftigt zu sein. Die Zeit dafür war in der dunklen Nacht. Ein Bett war tief und warm, ich liebte mein Bett. Bettgeruch erschien mir rätselhaft. Kühler Duft von Seife in sauberen Kissen; warmer Sauergeruch wie gärendes Heu; Dunst aus Mist und Honig, ein tierisches Stinken. Im Bett meiner Mutter war ich nie gewesen, kein

Kind kam in erwachsene Betten hinein. Kein Kind kam in erwachsene Kleider hinein, kein Kind erreichte nackt die erwachsene Haut. Den Mund meiner Mutter hatte ich nie erreicht. Ihr Mund fiel als Gutnachtkuß auf meinen Kopf.

An einem Sommertag, beim Spiel im Garten (Wildnis aus Gras, eine Schaukel, ein hölzerner Brunnen), wurde mir ein genaues Wissen zuteil. Die Freundin turnte am Balken der Birkenholzbrücke, die klobig über ein sickerndes Rinnsal ging. Sie hing kopfunter in den Kniekehlen fest, im übergeworfenen Rock, der den Kopf verbarg. Der bloßgelegte Bauch war weiß und nackt. Ein zierlicher weicher Ritz – so gut wie nichts – befand sich dort, wo die Neugier am heftigsten hinsah. Etwas Ähnliches war zu vermuten gewesen, ich hatte Frauen auf Bildern und Brunnen gesehn. Aber die nackte Tatsache hier vor mir, die unmittelbare Gewißheit, die fleischige Stelle – das war so gut wie neu, überwältigend neu. Was wußte sie davon. Was empfand sie dabei. Ich stand ganz still in dem wunderbaren Empfinden, über mich und mein Leben hinausgeraten zu sein. Meine Mutter erfuhr nichts davon, denn für mich stand fest, daß ihr die Sache nicht verständlich war. Mein Vater hätte die Sache besser verstanden. Er war nicht erreichbar, ihn verschlang der Krieg.

Meine Mutter gehörte auf die Seite der Frauen. Was sie dort machte, wurde mir nicht klar. Eine weibliche Person, die Mutter hieß. Lucie, das Dienstmädchen, war mir vertraut. Sie und die Angestellten der Bürgerhäuser, Dienstmädchen alle, erschienen mir nah und schön. Sie konnte nicht wissen,wie vieles ich ihr verdankte (im nichtbewußten Vergleich zweier Frauen im Haus) und was ihr bloßes Dasein bedeutet hat. Sie war vom Erziehungsheim zur Familie gekommen, am Anfang des Kriegs, ich war fünf Jahre alt, ein großes blondes Mädchen mit breiten Hüften, vermutlich ohne besondere Eigenschaften, ein gewöhnliches Mädchen mit frivolen Augen, gewöhnliche Arbeit verrichtend in dieser Familie, in der sie, von unten kommend, ein Fremdkörper war. Sie war willkommen als *tüchtige Arbeitskraft* (Extravaganzen waren nicht erlaubt), funktionierte in den Anordnungen meiner Mutter, entlastete sie von Routine und täglichem Übel, ermöglichte ihren Rückzug in Bücher und Briefe, ein stilles Abseits, das niemandem zugänglich war. Sie schlief im kleinsten Raum des engen Hauses, Modell eines Schwarzwaldhofs in verkleinerter Form (es schien für eine Ausstellung hergerichtet), mit Schindelwänden und Herzlöchern in den Läden, ein Stirndach über den schmalen Balkon gezogen, Stöße von Spaltholz, zwei Tannen, ein Hasenstall. Drei Kinder schliefen Wand an Wand mit ihr. Sie war der gegenwärtige Mensch im Haus. Aus Nachbarhäusern sprudelten Dienstmädchen her, sie saßen in Lucies Kammer auf dem Bett, ich begleitete sie in die Kammern anderer Häuser und war der einzige Mensch, der an ihr hing. Am *freien Abend* verschwand sie ins Dorf zum Tanz. *Tanz* – eine Zauberformel, die alles versteckte, was an ihr und ihren Freundinnen kostbar war. Man wußte von ihren Verehrern, Franzosen und Polen, und daß sie nachts mit ihnen alleine war. Es tauchten Männer auf, und sie ging mit ihnen, was außer Haus geschah, war dem Haus egal. Meine Mutter fand, daß *Kerle* die Lucie entführten. Da ahnte ich, daß Kerle nichts Falsches sind.

Lucies Busenfreundin hieß Célestine. Sie lebte schuftend und singend im Nachbarhaus. Es gab dort Vater und Mutter, einen Clan von Kindern, der hausbacken, hausmusikalisch und freundlich war. In ihrem Luftschutzkeller verschwand ich oft, an ihren Butterbroten aß ich mich satt. Célestine und Lucie, Lucie und Célestine – eine Dienstmädchenkumpanei, die mir herrlich erschien. Sie blieben laut und leise unter sich, sie brauchten von dem, was wir waren, so gut wie nichts. Sie brauchten von uns ein Geld und ein eigenes Bett, die Sicherheit in den Familien war ihre Chance. Sie überlebten Verführung, Bombe und Krieg. Sie waren ernährt, gekleidet und untergebracht.

Sie waren *Dienstmädchen*, aber vor allem Frauen, deren Haut und Haar mir wunderbar zugänglich schien. Man nannte sie Mädels, Weiber, Frauenzimmer, und alles an ihnen kam mir betörend vor. Die Nonchalance ihrer Wochentagsfrisuren, die rauhen Arbeitshände und festen Waden, die überall offenen Kleider, der nackte Hals. Zum Dienstmädchen paßte das Fähnchen, das billige Kleid. In Kopftuch und wippenden Fähnchen sah ich sie stelzen, Ledertäschchen schwingend, Arm in Arm, Célestine ein üppiges Fleischlein, ein fleischiges Fräulein, deren Rundlichkeit wie gestürzter Pudding schwang. Ich beschaute, am Gartentor wartend, die prallen Waden, Backen wie Apfelbäckchen mit sanftem Schimmer, schwarzes Haar mit dem Namen Lockenpracht und hörte im Schlaf noch ihren Dialekt, elsässisch Zwitschern: leckemolekü!

Leckemolekü meiner Kinderzeit. Melodie ohne Inhalt, ein Universum aus Klang, über die Zäune und aus den Fenstern gerufen, Verschworenheit zweier Lockvögel in Gezwitscher, Wortmusik, deren Inhalt Gelächter schien. Den Inhalt erfuhr ich später: leck mich am Arsch.

⁂

Lucie beschaffte Kartoffeln im Leiterwagen, versorgte die Betten der Kinder und spaltete Holz. Als Frauen zum Arbeitsdienst befohlen wurden, ersetzte sie meine Mutter und schaufelte Gräben (wochenlanger *Einsatz* am Oberrhein). Sie stopfte, nähte, bügelte, kochte und wusch. Sie deckte den Tisch und räumte ihn wieder ab. Sie klopfte Teppiche aus und heizte Öfen. Sie verbrachte die Ferien und Feste in unserem Haus, sie kochte Johannisbeeren und schleppte Gepäck. Im Sommer wurden die weißen Waden braun. Heruntergerollte Strümpfe, zerstochene Beine, ich sah den Schweiß im Ansatz ihrer Haare, die Knöpfe auf ihrer Brust, das verrutschte Hemd, die gebeugte Gestalt und die hängenden Brüste im Fähnchen, das Hinterteil im gespannten Sommerkleid, die dunklen schweißigen Ringe unter den Armen, ich war so verschwitzt wie alle und stank wie sie.

Ich kam zu ihr in die Kammer und saß auf dem Bett, gleich neben ihr, wenn sie nähte und etwas sang. Am schönsten erschien mir der späte Nachmittag, bevor sie mit einem Verehrer zum Tanzen ging. Die Tür war angelehnt, das lud mich ein. Sie saß im Unterrock auf ihrem Bett, in der knappen, bräunlichen Seide ohne Glanz, und hatte mit sich und ihrem Kleid zu tun. Ob meine Neugier ihr willkommen war, ob meine Mutter die stillen Interessen bemerkte – ich saß in ihrem Duft und schaute zu. Sie drückte Pickel an Armen und Beinen aus, ein Tropfen Eiter quoll auf den Nagellack, sie probierte Strümpfe und Schuhe (kein Spiegel für sie) und ließ ihre Strumpfbänder an den Schenkeln sehn. Sie kämmte das spröde verquere Haar, sie war entblößt, ich sah ihre nackte Brust. Die war das Schönste, was ich jemals sah. An ihr war alles rund, nichts schien zu fehlen, nichts Volles fehlte, ein sattes Fleisch. An ihrer linken Hand ein Silberring kam mir verheißungsvoll und traurig vor. Ihr Körper gab mir Gewißheit ohnegleichen. Ich saß in seiner Nähe vollkommen still.

Was von Lucie zu halten war, stand niemals fest.

Das erfuhr ich von meiner Mutter in strengem Ton. Lucie kam hin, wo keiner von uns erschien, und was man dort sagte und hörte, erfuhren wir nicht. Man lebte im Krieg, das alles war sonderbar. Lucie durfte für mich nichts Vertrautes sein. Sie hatte hinter der kühlen Grenze zu leben, die meine Mutter um ihre Familie zog, zwischen oben und unten ein unbedenklicher Strich, der keiner Sprache bedurfte, um spürbar zu sein. Er machte den Eindruck, als sei er von selber da. Meine Mutter bediente sich seiner und zog ihn nach.

Lucie war arbeitsam, recht sauber und nett. Anstellig war sie und hatte die Kinder gern. Tatsächlich schien sie die Bengels recht gut zu mögen, sie machte das ordentlich, und es ging ihr gut. Sie hatte mit unserer Familie Glück. Denn ohne uns, was wäre aus ihr geworden. Sie hatte dank unserer Familie den Krieg überlebt. Sie wurde gut behandelt, ihr fehlte nichts. Sie konnte sich nicht beklagen und klagte nicht. Man selber konnte nicht klagen und klagte nicht. Man konnte nichts gegen sie sagen und sagte nichts. Was ohne sie aus uns geworden wäre, war in Jahrzehnten keine Frage wert. Man konnte sich glücklich schätzen, so eine zu haben. Andere Familien hatten weniger Glück. Sie waren an diebische, faule Personen geraten. Man hatte Ärger mit ihnen und ihren Verehrern, nicht nur der Krieg war an der Sache schuld. Man dankte Gott, wenn es eine Deutsche war. Wer eine Olga aus dem Osten bekam, oder eine dieser Polinnen, hatte Pech. Französinnen waren besser, auch kultivierter, aber diese Tschechinnen, schon der Sprache wegen, verlogen, frech und dumpf, Polackenwirtschaft, die Unsauberkeit, das Schlampige dieser Personen, Mädchen wie diese kamen weiß Gott woher. Heruntergekommene Familien, Proletenmilieu, früh ausgerissen, verwaist oder schwanger geworden, die schlechte Erziehung und die schiefe Bahn, wie gräßlich ungebildet und primitiv, rührend bemühte Dinger und arme Luder, und Lucie stammte aus dem Erziehungsheim. Daran gemessen war Lucie eine Perle. *»Nein wirklich, mit Lucie haben wir Glück gehabt.«*

Ich hörte diese Sätze in hundert Familien. Ich hörte sie während des Kriegs und zu allen Zeiten. Wo immer Dienstmädchen waren, erschallten die Sätze, in lässigem Einverständnis, in gleicher Betonung, ein stereotypes Rechthaben deutscher Frauen, Refrain meiner Mutter in angenehmen Gesprächen, Refrain ihrer Freundinnen, Nachbarinnen und Tanten, Refrain meiner Großmutter bis zu ihrem Tod.

Am Anfang klangen die Sätze wie ein Gebot. Ich konnte mich ihrer Wirkung nicht entziehn: ich sah das neue Mädchen zurückhaltend an. Ein fremder Mensch war im Haus und entsprach ihm nicht. Es war mein Glück (ich schien es im Schlaf zu wissen), daß der fremde Mensch mir normal und als Frau erschien. Es war mein Glück, daß sie aus der Fremdheit kam, exponiert und vereinzelt unter den Frauen war.

Daß nichts von Bürgerlichkeit ihr Wesen verfälschte. Daß sie Natur besaß und von unten kam.

Lucies Geburtstag kam im Dezember wieder (es dauerte eine Weile, bis ich begriff, daß Geburtstage nicht auf das Jahr zu verteilen sind). Der vierte Dezember war ihr Eigentum. An diesem Morgen wurde ihr gratuliert, und meine Mutter verabreichte ein Geschenk. Sie machte das mit der freundlichen Förmlichkeit, die in solchen Fällen zur Verfügung stand. Da sie nichts empfand, war die Tonart falsch. Lucie erhielt fünf Mark und ein Taschentuch. Ich vergesse weder Datum noch Geschenk. Vierter Dezember zweiundvierzig. Ich vergesse die Tonart meiner Mutter nicht. Ich vergesse nicht Lucies Gesicht und ihre Augen, eine flüchtige Ratlosigkeit, keine Spur von Dank. Sie bedankte sich, der Geburtstag zog sich zurück, ihr wurde nicht freigegeben, die Arbeit begann. Ihr Geburtstag kam ohne Besuch und Vergnügen aus. Ihr einziger Feiertag war leer und tot.

Ich kam mir gelähmt, erschöpft und schuldig vor, vor allem schuldig. Die lange Beschämung löste sich zögernd auf – Enttäuschung, Herzzerreißen, Empörung, Wut. Ich mied meine Mutter, hielt mich an Lucie fest, und es ist möglich, daß sie den Wirrwarr sah. Was war geschehen. Ich grübelte in der Höhle. Wir hatten an einem Vorgang teilgenommen, der weder gut und gerecht noch erträglich war. Er entsprach weder Lucie noch meinen Brüdern und mir. Wie konnte er meiner Mutter entsprochen haben. Er entsprach weder Lucie noch einem Taschentuch. Er widersprach dem Gefühl für Gerechtigkeit, das überempfindlich am Ausguck der Seele saß. Gefühl, Gehirn und Instinkte waren verletzt. Die Augen, die Ohren, der Körper, alles verletzt.

Ich schaute die Mutter mit neuem Interesse an. Nichts änderte sich, ich sah nur genauer hin. Ich sah, daß die Mutter meinen Bruder bestrafte. Er wurde ins Kellerloch zur Kartoffel gesperrt und auf Befehl von Lucie zurückgebracht. Zum erstenmal war die Mutter ein feindlicher Mensch. Mein Vorwurf fiel wortkarg, aber heftig aus. Das eigene Erinnern wurde bestätigt durch Erzählungen meiner Mutter nach dem Krieg. Sie hielten das *Rührende* des Kindes fest, doch nichts von Betroffensein der eigenen Person. Ich ging immer häufiger zu Lucie hin. Ihr Bild verschwamm in einer Sympathie, die grundsätzlich war und bestimmend für lange Zeit.

Lucie lebte bei uns bis zum Ende des Kriegs. Sie kam, als man Freiburg verließ, in das Großelternhaus, bewohnte eine Kammer unter dem Dach, mit Fensterklappe und wenig Mobiliar. Sie machte dasselbe wie immer, sie schleppte und putzte, sie klopfte Teppiche und kochte Wäsche, sie schälte Kartoffeln für alle und war allein, trotz wechselnder Verehrer im Hintergrund. Sie aß allein in der Küche des Großelternhauses. Sie verschwand so tief im Alltäglichen der Familie, daß nichts Persönliches mehr vorhanden war. Es verband oder trennte nichts, es ärgerte nichts.

Nach ihren Wünschen wurde sie nicht gefragt. Ich hockte in ihrer Kammer, sie ließ es zu. Sie wechselte Kleider in meiner Gegenwart, ich sah ihren nackten Körper ohne Scheu. Am Boden spielend kroch ich durch ihre Beine und schaute nach oben, ins Dunkel unter dem Rock. Der Krieg und das Ende des Kriegs, die Zerstörung bewirkte, daß eine Frau jeder anderen ähnlich sah. Die Milchfrau sah ihr ähnlich, die Mutter ähnlich, die Frauen ähnelten sich in Hunger und Kälte, gleichberechtigt in derselben Angst. Sie froren, kochten und klagten auf kleinstem Raum. Lucie war mager geworden, sie wollte nicht mehr, verließ das Haus, kam ohne Gruß zurück, erklärte nichts, entzog sich in ihr Bett. Die Frauen konnten nichts dagegen tun – so renitent, so undankbar wie sie war. Sie stand am Herd und rauchte Zigaretten. Wo hatte sie die Zigaretten her.

Sie verschwand im Chaos der ersten Besatzungszeit, eine *unschöne Szene* ging voraus. Es tauchten Männer auf und verschwanden wieder, sie verschwand, und man wußte nicht, wer den Koffer trug. Sie wurde mit Russen vor einer Kaserne gesehn, schien vor die Hunde gegangen, man sprach nicht davon.

Ich sah sie im folgenden Winter zum letzten Mal. Sie kam mir im Schnee einer leeren Straße entgegen, ich rannte auf sie zu, sie schien erfreut. Die Freude konnte Reflex meiner eigenen sein. Etwas nicht Aussprechbares berührte mich. War es die Tatsache, daß sie schwanger war (dicke Frauenbäuche der Russenzeit), gedunsen und träge, in keiner Bewegung vertraut; war es die Stimme, die verändert schien, als sei sie mit Honig oder Mehl vermischt, war es ihr Lächeln, sonderbar leicht und fern, die elegante Kleidung, die neue Frisur, die eigene Unsicherheit, meine zärtliche Scheu, und daß ihr zwei Zähne fehlten vorn im Mund – man sprach ein paar Worte, ich brachte Grüße nach Haus.

Nach Tagen oder Wochen kam Nachricht von ihr. Ein Mann erschien und brachte Schuhe mit. Es waren die ersten Schuhe der Nachkriegszeit, aus der großen Schuhfabrik, deren Hallen ich kannte (die Schule bemächtigte sich geheizter Räume und war auf die Heizungen vieler Gebäude verteilt). Es waren Kinderstiefel aus einem Stoff, der unglaubwürdig glatt und glänzend war. Sie beulten sich in der Nässe, zerrieben die Haut und lösten sich nach drei Tagen auf. Sie waren das letzte, was man von ihr erfuhr. Die neue Zeit hatte Lucie weggeschwemmt. Ein Dienstmädchen war wie unzählige andere verschwunden. Einmal erkundigte sich ein fremder Mann. Sie wurde erwähnt, wenn vom Krieg die Rede war.

Nach dreißig Jahren tauchte sie wieder auf. Der handgeschriebene Brief erbat ein Papier, Bestätigung ihrer Arbeit während des Kriegs. Er teilte mit, in unbeholfenen Sätzen, daß sie auf gute Weise am Leben sei. Sie habe das Glück gehabt, einen Mann zu finden, der *gut und anständig* sei, und sie habe Kinder, erbitte das Dokument im Hinblick auf Rente, mit bestem Dank im voraus und freundlichem Gruß.

Meine Mutter weigerte sich, das Papier zu schreiben. Ich zwang sie dazu.

✻

Die Ahnungen beider stimmten überein: die Rückkehr in ihre Ehe war ein *échec*. Zwei Vierzigjährige orientierten sich, ohne Wohnung, Beruf und Geld, mit erschöpften Nerven. Man suchte Halt und konnte keinen geben, das Wohnen machte Mühe, ein kleiner Raum. (Die große Erleichterung meiner Mutter war: sie hatte die russische Zone hinter sich; in Freiburg gab es wieder offenes Leben, mit Büchern, Konzerten, Theatern und alten Freunden). Die Söhne waren auf mehrere Orte verteilt. Der älteste machte Sorgen, ein schwieriges Kind. Unterernährt, ohne Grundlagen in der Schule, vom Vater enttäuscht, von Familie zum Heulen gebracht. Ihm fehlte Pflichtgefühl, er wollte nicht lernen (er schien nur lernen zu wollen, was gut für ihn war).

Man kannte sich noch, aber weniger gut als vor Jahren, die vertrauten Illusionen waren perdu. Meine Mutter ertrug einen schwerbeschädigten Mann. Mein Vater rettete sich in den alten Glauben (mit der neuen Bewunderung ihrer Rolle im Krieg), daß seine Frau ein lebendes Wunder sei. Ihr sorgloser Spielraum stellte sich nicht mehr her. Der Glaube ihres

Mannes engte sie ein. Er verpflichtete sie auf unbedenkliches Geben, auf Gegenwart und Inanspruchnahme durch ihn, entsprechend seiner Verpflichtung als Mann und Fels, der Verausgabung im Beruf und der Liebe zu ihr. Sie schreckte weg, sie zog sich, kaum merklich, zurück, hinhaltend, ratlos und ausweichend ohne Grund. Sie stellte sich ein sorgloses Alter vor, ungefordert, mit Freunden und Büchern allein. Durch zwanzig Jahre, bis zu seinem Tod, zog sich für sie die verengte Häuslichkeit hin. Sie flüchtete in Besuche, in Reisen und Ferien, entzog sich dem Zugriff des Mannes in Reservate, die selten ganz außerhalb seiner Reichweite lagen (er brachte sie hin und holte sie wieder ab). Sie war erleichtert, denn kein Kind war dort. Sie schaltete ab und besaß das Talent dazu. Phantasielosigkeit – sie vergaß, was zu Hause geschah. Unwille, Kälte, Verdüsterung. Überheblichkeit, *was soll ich mit diesem Mann*. Sie drückte aus, daß alles lästig sei: die Kinder und ihre Probleme, das Haus und der Garten, die Kinder und ihre Naturen, schon wieder die Kinder, von morgens bis abends gewöhnliche Welt ohne Ende, der beständige Druck durch den Mann, der reizbar und krank, dann pathologisch, dann hoffnungslos isoliert war. Sie hielt daran fest, der einzige Mensch zu sein, der hier in Frage kam: sie durchschaute den Fall. Was immer sie durchschaute oder erkannte – sie durchschaute keinen, kannte die Söhne nicht, verstand nicht viel vom Körper des scheiternden Mannes und durchschaute weniger noch die eigene

Person, die beständiger Anlaß seiner Vereinsamung war: die Hybris, die Indifferenz, der fehlende Kuß.

Geistesabwesend, in Gegenwart ihrer Kinder, saß sie im Sofa und schminkte sich für den Abend. In Gesellschaft von Freunden und Gästen lebte sie auf. Schöngemacht, elegant, von Kleidern verwandelt, verschwand sie mit ihrem Mann in der Öffentlichkeit. Man begab sich zu Schauspielern, Ärzten und Übersetzern, lud Schriftsteller, Musiker und Verleger ein, man traf sich mit Professoren und Architekten und schien eine Nacht lang auf der Höhe der Zeit. Die dazugehörenden Damen waren hübsch, elegant, passabel, unmöglich und fabelhaft (die Beurteilung meiner Mutter war kühl und gerecht). Man ging ins Theater, zu Vorträgen oder Konzerten, und ließ die Kinder mit fremden Namen zurück. (Bizer, Mayboden, Thiel, Picht-Axenfeldt; Frau Schickele, Claus Clausen und Hugo Friedrich; Adorno, Heidegger, Bartning und ein paar Namen, die private Gesichter hatten, ich kannte sie selbst.) Im Umkreis dieser Namen erschien man perfekt. Meine Mutter leuchtete auf, belebt und kokett, ein Gesprächs- und Erscheinungswesen *in feinster Gesellschaft*, glänzend für sich und alle, in schönen Sätzen, Argumente genießend und Überzeugungen kostend, lachend und lächelnd, in ausgewogener Manier. Der nächste Morgen war wieder ohne Vergleich. Die Eltern in Morgenmänteln, das Schulbrot der Kinder, der Küchentisch, die Ermahnungen, grau in grau.

Im Kinderzimmer bedeutet Schminke nichts. Die schöngemachte Mutter verführt kein Kind. Sie schwebt davon, entzieht sich einmal mehr. Die Diskrepanz zwischen öffentlich und privat, zwischen Glanz und Grau war kein gutes Zeichen für mich. Wie lebte meine Mutter mit anderen Leuten. Was stellte sie mit ihren Kindern an. Was war das für eine sonderbare Person, die mit allen, außer mit ihnen, lebhaft sprach; die für alle, außer für sie, interessant erschien; die zu allen, außer zu ihnen, bezaubernd war; die Interessen und Charme wie Dekorationen benutzte; deren seelenvolle Tonart anderen galt und mit dem Ende der Konversation verschwand. Wie hielt mein Vater das aus. Wie hielt man das aus. Wie wurde ich fertig mit dem Widerwillen, der mich beim Anblick der schönen Erscheinung befiel.

Nichts in der Kindheit verklärt sich für mich. Mühsal der Jugend. Ich lebte in der Gewißheit eines Gefühls, das beherrschend wurde und lange peinigend war: ich hatte nichts zu sagen, ich war zu jung. Ausdrucksweise und Tonart meiner Mutter, das tägliche Dasein gaben zu verstehn, daß ich ein Kind sei, ein provisorisches Wesen, das in Befolgungen lebte und rechtlos war. Tadel, Unterweisung, spendiertes Lob – die Tonart war in jedem Fall verfehlt. Der Tadel zu streng, die Unterweisung zu freudlos, das Lob übertrieben oder unterkühlt. Nichts, was ich machte, wurde spontan begrüßt, mit Humor betrachtet, durch Mitspiel wahr gemacht. Ich wurde erzogen, begutachtet und behandelt und hatte früh ein scharfes Gefühl dafür, daß nichts, was ich machte und sagte, endgültig war. Meine Mutter bestand darauf, daß ich rechtlos sei, auf Erwachsene angewiesen, und ahnungslos. Ich war dazu vorgesehn, als Kind zu handeln, man gestand mir zu, daß ich größer und klüger wurde, in vorgeschriebenen Etappen mein Bestes gab, entsprechend einer Idee von Wachsen und Reifen, die keiner natürlichen Bewegung entsprach. Erziehung als Theorie, vollzogen am Kind. Ich sollte originell und natürlich sein, im Verständnis einer bürgerlichen Person, die weder originell noch natürlich war.

Im Garten unter der Tanne stand mein Haus, aus Latten und Lumpen gemacht, ein Schwarzwälder Hof. Das Dach war regenfest, voller Heu und Stroh, hielt jedem Wetter stand und war mein Stolz. Tiere aus Tannenzapfen lebten in ihm, es lebten Kerzen, Steine und kleines Besteck. Nachts im Regen war ich schlaflos froh, daß mein Bauwerk sicher war, das Haus hielt stand. Ich war der Bauer und der Architekt. Das Haus gehörte mir, das Haus stand fest. Ich hätte es in jede Zukunft gerettet, auseinandergenommen und wieder zusammengesetzt. Ich hatte Vertrauen in seine Wirklichkeit. Es war lebendig wie ich und die ganze Welt.

Ich wurde krank, mein Haus blieb sich selbst überlassen. Drei Wochen Klinik, die Mundfäule war kuriert, ich wurde nach Hause geholt – *das Kind muß sich schonen* – und rannte in den Garten zu meinem Bau. An seiner Stelle war – ich weiß nicht – nichts. Das Nichts war unbegreiflich wie nichts zuvor. Ich stand in einer ausgetauschten Welt, in einer Zeit, die keine war. Und wurde wach, und es stand für mich fest, daß mein Haus gewandert war, es war bloß gewandert. Es war nicht zu mir in die Klinik gekommen, es konnte nur im Garten gewandert sein. Ich rannte durch den Garten und um das Haus, mein Haus mußte dasein, es hatte sich bloß verlaufen, es hatte eine bessere Stelle entdeckt. Ich suchte in der Waschküche und im Haus. Irgendwas hielt mich ab, auf der Straße zu suchen, in Nachbarschaften und Gärten und weiter im Wald.

Mein Haus war weg.

Meine Mutter war entgeistert, was war mit mir los. Ich war aus der Klinik gekommen und sollte ins Bett.

Ich fragte nach meinem Haus. Wo war mein Haus.

Da wurde doch der Garten aufgeräumt, es wurden Blätter und Äste zusammengekehrt.

Ich zitterte, verfiel in Weinen.

Kind, was soll das. Du kannst doch ein neues bauen.

Sie bezeichnete solche Szenen als *ärgerlich*. Die verärgerte Mutter ließ das Kind allein. Es wurde von Lucie ins Bett gebracht.

Nichts im Bereich von Familie war gut und schön, nichts war dort selbstverständlich, beweglich, frei.

Es war nichts haltbar und es stand nichts fest, außer der Behauptung, alles sei gut. Was ich dort machte, sollte etwas sein. Was ich machte, gehörte nicht mir, es wurde von Eltern beansprucht, als Talentbeweis gelobt, als Leistung gerühmt. Es wurde vorgewiesen und kommentiert und mit Stolz für die ganze Familie in Anspruch genommen. *Das Haus hat unser Sohn gebaut. Erstaunlich, was er zustande bringt!* Er war begabt und hatte Lob verdient.

Für mich stand fest, daß hier nichts Gutes half. Ich mußte älter werden und mußte weg. Ich wollte auf schnelle Weise älter werden und auf schnelle Weise aus der Verwandtschaft weg. Die sichtbare Seite des Kindes blieb am Ort, der Konfirmand, der Spieler, der Gymnasiast. Die unsichtbare Seite dehnte sich aus, die Höhle, der Traum, der stumme Protest. Schattenlinie, die mir Gewißheit gab. Sie wurde weder geahnt noch für möglich gehalten, man hielt an der Erscheinung des Kindes fest. Sie hielt an ihrer Idee des Kindseins fest, des Erziehens und Kontrollierens, Bestrafens und Lobens, und daß von dort ein Glück zu erwarten sei. Sie hielt ihre Kinder von sich selber fern. Sie hielt jeden Irrtum für ausgeschlossen und hielt für undenkbar, daß sich ein Kind entzog. Das Kind nahm instinktiv, dann bewußt und zweifelnd, dann radikal entschiedene Teilungen vor. Es zog sich in sich zurück, wo Familie war (die Ordnung in Schule und Kirche, die tägliche Qual), und lebte aus sich heraus, wo die Welt begann (die Freundschaft, die Liebe, das eigene

Gedicht). Das beengte Zuhause wurde täglich enger; mein Eigentum, ein Leben, nahm täglich zu, in einer Gewißheit, die nicht geheuer war. Ich nahm zur Familie hin jede Lüge in Anspruch und verlangte von mir, für mich selbst, jede Aufrichtigkeit.

Da der Protest als Laune des Sohnes galt (und allenfalls *rührend* oder *erstaunlich* war), als unausgeglichene Regung und als Krawall; da Flucht, Verfluchung und Notwehr gegen den Vater, die Verhöhnung der Mutter keinen Glauben fand; da die Vernichtung des Hauses notwendig war, das Niederreißen verfaulter Moral, die die Unterwerfung der Söhne erzwang, erfolgreiches Weitertreten und Nachfolgedenken, familiäres Zusammenwirken und nettes Verblöden; da ich im eigenen Protest gefangen war und später restlos isoliert in ihm; da die Revolte bloß noch lächerlich war und keine Verbündeten fand in der Restauration – der Fluch, der Schrei, der Jubel vergeblich war, privates Risiko oder dummes Zeug; da Widerstand gegen die Norm als Versagen galt und extremes Lebensverlangen nicht statthaft war, isolierte ich mich unter Bürgern und in der Familie, ein romantisches Rindvieh, ein begabter Idiot. Für meine Eltern war ich ein schwieriger Fall, sensibel, begabt, aber ohne Disziplin. *Du wirst dich noch wundern, mein Junge, du wirst dich noch ändern; in ein paar Jahren hast du den Schlips am Hals.*

Es war ein Kinderspiel, meine Eltern zu täuschen. Vor allem auf meine Mutter war Verlaß. Ich konnte unbedenklich darauf vertrauen, daß ihre Instinktlosigkeit meinem Ausbruch half. Ich ließ sie glauben und hoffen, und ließ sie sitzen: im unbegreiflichen Mangel an Phantasie. Für sie stand fest, daß die Mutter ihr Kind begreift.

Sie kennt ihr Kind, sie weiß, was es fühlt und denkt. Sie ist sich ihres Kindes und ihrer Instinkte sicher, und Mütterlichkeit ist ein unverrückbarer Wert.

Sie wurde in ihrer Illusion bestärkt. Religion und Staat und Familie gaben ihr recht. Mein Vater bestärkte sie durch seinen Kotau. Sie bewegte sich im Schutz einer Tradition, die nie und aus keinem Grund, in keiner Zeit, zu Zweifeln Anlaß gab oder antastbar war. Sie wurde bestätigt durch jede Institution, gefördert von jeder Gesellschaft und war im Recht. Die Mutter hatte recht, ein Leben lang recht. Ein automatisches, unbewegliches Recht. Sie thronte, regierte und liebte in diesem Recht, beanspruchte Anerkennung und Liebe in ihm, sie baute es öffentlich und häuslich aus und ernährte ihre Kinder mit diesem Recht. Die Mutter war tabu, eine heilige Kuh. Meine Mutter verbrachte ihr Leben in dieser Norm. An ihr zu zweifeln war albern, geschmacklos, dumm. Sie verstärkte ihr Recht durch Thesen, die sie erklärte (hier kam die NS-Zeit der Überzeugung entgegen). Mein Leben war vorgesehen als ein offenes Buch, in dem die Entwicklung deutlich zu lesen war. Charakter und Wesen in Schönschrift, als Kind zu entziffern, ein Gesellschaftsepos der Jugendlichkeit und des Reifens, ein Roman in Fortsetzung für erwachsene Ästheten. Leben – ein protestantisches Feuilleton.

Von dieser Haltung profitierte ich. Der Weg zur Schule war täglich derselbe Weg. Das Kind verließ das Haus und kam dort an. Das Haus, der Weg, die Schule standen fest. Das Gehen auf dem Weg – die einzige Zeit des Kindes, in der es frei und ohne Begutachtung war – stand fest als Bewegung, es trug seine Schulmappe hin. Undenkbar, daß etwas Eigenes widersprach. Es hatte die Schule im Kopf und ging den Weg, es kam auf demselben Weg in das Haus zurück.

Ich bewegte mich im Schutz ihrer Lebenshygiene. Ich machte Sachen, wurde kriminell, erlebte Krieg und Nachkrieg aus eigenen Kräften, verliebte mich, verschwand und wilderte weg – und fiel in die familiäre Hülse zurück. Unerbittlicher Aufwand an gutem Glauben, die Kinder der Mutter gerieten gut, wie im Grund die Kinder des Vaters auch. Ich war für sie ein unbekannter Mensch. Die unbekanntesten Menschen waren die Kinder. Meine Mutter hat keinen ihrer drei Söhne gekannt, sie hat sie in keiner Phase kennengelernt. Kein Grund war da, sich kennenlernen zu lassen. Ihr Bild des Kindes war Karikatur.

✻

Schwarzwälder Sommerferien während des Kriegs. Mit Leiterwagen, Rucksäcken, Eimern und Gläsern und der fest verpackten *Grundnahrung* für sechs Wochen (Zucker, Graupen, Nudeln und Haferflocken) traf man im Bahnhof von Littenweiler ein. Der Lokalzug trödelte durch das Höllental, durchquerte Tunnels und hielt an jeder Station. Himmelreich, Höllsteige, Hirschsprung, danach stieg man aus – Hinterzarten! – und zwängte sich in das Gepäck, der Rucksack drückte, die Tasche schlug gegen das Knie. Das Dienstmädchen Lucie, die Mütter, zwei Brüder und ich. Man wanderte durstig und tapfer durch steigende Hitze und machte im schwarzen Schatten der Tannen halt. Die Straße zog sich schmal an den Hängen entlang, an Postkästen, Milchtischen, hölzernen Höfen vorbei, durch taunasse Kurven, an offenen Windbrüchen hin, im Schatten der Vogelbeerbäume nach Albersbach. Am zwölften Milchtisch bog man zum Steigerhof ab, betrat die Küche, nahm einen Schlüssel mit, ging weiter am Löschteich vorbei auf dem steinigen Viehweg, durch Weidezäune und Weizen zum oberen Wald. Dort stand die Hütte klein unter lastenden Tannen (Nadelbesen scheuerten über das Dach), ein rustikaler Verschlag aus Brettern und Schindeln, von Menschen behauste, enge Kuckucksuhr, mit dem Blick auf Weideland und verstreute Höfe – das Gasthaus zur Esche, der Engel, die Behringerhäuser, unter schweren Dächern aus Schiefer und Schindeln, mit Futtergang und weißer

Fensterfront und sommerlang offener Einfahrt in das Dach. Sauerkirsche, Wacholder und bauchige Pappeln, Brennesseln, Kuhfladen, wilde Möhre im Wind. Misthaufen – Fäulnis aus Stroh über öliger Gülle, auf dem Brett die Schubkarre und darauf der Hahn. Quellgebiete zogen sich breit zu Tal, Wassermusiken in Morast und Moos, Gurgeln in grün und bunt gequollenen Polstern, Rieseln und Schmatzen, Gesicker in lichtlosen Höhlen, Triefaugenteiche, die Viehspuren an der Tränke. Der lange Bach fing alles Wasser auf. Das stürzte durch Tobel und Gruben, bemooste Senken, schäumte durch Klusen und feilte die Ritzen der Steine, blankes, kaltes, von Eschen verschattetes Strömen, Reichtum des Flutens und Zwitscherns an allen Tagen, herrlicher Schwall in jeder Jahrzeit, Geprassel, Geleier, Geschütt in ruhigen Nächten, wenn der Wind aus dem Himmel fiel und im Tal verschwand.

Dort standen Sägemühlen an ihren Rädern, Schaufelräder im Wehr mit tropfenden Bärten, in schwerer Umdrehung ächzend und finster von Nässe, untertauchende, saufende, spuckende Schaufeln, in Schleiern aus Wasser, das weit in den Büschen zerstob. Dort lagen geschälte Stämme auf queren Böcken, biegsame Rinde wie gepreßte Schlangen, dort schnurrten Antriebsräder an ledernen Riemen, dort rasten die Zähne der Sägen durch saftiges Holz. Dort stand der Sägebauer im blauen Kittel, dort watete ich verboten im Sägmehl herum.

Hinter dem Hüttenfenster begann der Wald. Steilhänge voller Tannen und Felsgeröll, abgestorbene braune Nadelgespinste, ein leblos stiller, glanzloser Innenraum, sonderbar knackend im Wind, eine Sprache aus Holz. Bruchholz, Farne und Zapfen in kopfhohen Dschungeln, Hexenbärte am Astwerk aus grünlichem Silber, rutschige Nadelböden und morschende Rinden und der große, gewitternde, balzende Auerhahn. Der fiel über Pferde her und schrie im Geäst, der war so bunt wie der Teufel im Paradies. In diese Wälder ging kein Kind allein, obwohl es im Schutz vertrauter Geräusche blieb: Stimmen der Beerensammler und Kuhglockenläuten, Sägen und Holzfuhrwerke im Hölltäler Loch. In diese Wälder schlich ein Kind sich ein, verirrte sich und machte die Hosen voll, stand weltverlassen, in herzzerreißendem Schauder und wurde am Nachmittag von Frauen entdeckt, stinkend, tränennaß und vier Jahre alt, ein Ausreißer, ein Naturfreund, ein strafbares Kind.

In heißen Tagen und Nächten verschwand die Zeit. Wie viele Wunder nahm ein Sommer auf. Peitschenknallen und Viehhüten an den Halden, das Heu, der Staub und der Heustaub auf den Tennen, die Milcheimer in den Brunnen, das Melken der Kühe, das Schnitzen der Schindeln, die Kornernte und die *Strau*. Ich holte Brot und Milch vom Steigerhof, die Post kam gegen Mittag im Pferdegespann. Ich nahm die *Feldpost* meines Vaters mit, der war in Polen, und dort war der Krieg. Ich lernte melken, misten, füttern und hobeln; dengeln, sicheln, binden, verladen und fluchen; striegeln, satteln, tränken und Peitschen knüpfen; ich hackte, schnitzte und schaufelte wie der Knecht.

In Balkenskeletten der Höfe, in heuheißen Speichern, in Schobern und Kellern verlor ich die eigene Spur. Der Raum der Bauern verwahrte Geruch und Licht. Viehgeruch in der Knechtskammer, Wäsche im Flur, Speck, Obst und Kartoffeln im heißen Küchenbetrieb: das spritzende Fett in den Pfannen, die lauernden Katzen, der Herrgottswinkel, die Astern, die tickende Uhr. Zwölf Kinder waren lebendig im Steigerhof, erwachsene Töchter mit Zöpfen und leuchtenden Backen, ein kleiner heulender, barfuß laufender Franz, die andern hießen Vreneli oder Marie. Bei Fußballspielen zog ich die Schuhe aus, Gerechtigkeit nackter Füß auf Gras und Stein. Ich lernte barfuß über den Erdball laufen und ohne Angst durch Blitz und Hagel gehn.

Nachts fauchte der Wind in den Tannen, als schüre er Feuer. Windfeuer in den Ohren, ich brauchte kein Auge.

Das Vreneli ging in den Löschteich, der Peter verkrachte, der eine versoff, der andere erbte nichts. Der letzte, kleinste, wurde dem Papst geschenkt, und Hans, der Viehhirt, verblödete ohne Grund.

Der Sommer war nicht nur zur Freude da. Man tat sich mit Nachbarn und ihren Kindern zusammen (Kopftücher, Kniestrümpfe, Hosenträger) und ging in die Beeren, endlose Tage lang. Heiße, himmeloffene Himbeerschläge, Brombeerwildnis am Hang über steilen Schluchten, Blaubeeren, Preiselbeeren und kostbare Pilze, Pfifferlinge und Steinpilze, eßbare Wunder, Teufelspilze und Schirmpilze an den Wegen, Triumphe in Kinderhänden, zerstampft im Gras. Legenden entsetzlicher Tode gingen um. Sturz aus dem Apfelbaum und Hitzschlag im Himbeer, Vergiftung ganzer Familien durch Tollkirsch und Pilze. Man schlug Haselnüsse mit Steinen auf, man kämmte mit Gabeln Holunder in einen Topf. Ich schnallte meine Büchse am Gürtel fest, sie füllte sich mit Beeren, Blättern und Würmern, weiße dicke Maden im Fleisch des Himbeer, Fliegen und Wespen, gerötete Kindergesichter, rosig-purpurn geröstete Nasen, schweißige Haare und verstaubte Hälse, zerstochene Arme, zerkratzte Beine, Jod oder Spucke auf verkrusteten Wunden, Schimpfen, Maulen und Greinen – *Ich kann nicht mehr!* Acht schwere Wassereimer waren gefüllt, wenn der Nachtschatten aus den Wäldern kam. Verwüstete Himbeerschläge blieben zurück. Taumelnd zwischen Eimern, mit knikkenden Beinen, kam ich halbtot in der Hütte an. Die Mühe wurde mit Milch und Wasser belohnt. Kaltes Bergwasser wusch die Erschöpfung weg.

An dunklen Tagen wurde eingekocht. Süße Beute des Sommers – Marmelade. Bruchholz, das ich hackte, verschwand im Herd, der heizte die schwitzende Küche höllisch ein. Lucie stand heiß, fast nackt vor den hohen Töpfen, in ihnen verkochte ein schaumigzuckriger Brei. Blättchen und Maden verschwanden im süßen Gebrodel, das füllte die Hütte mit Duft und lief übern Rand. Das klebte an Löffeln, Deckeln und Kinderhänden, an Handtüchern, Tischen und Mäulern und auf Papier. Ein harter Klaps – *du sollst nicht immer kleben!* Klebrige Unschuld der Marmeladenzeit.

Hundert Meter entfernt wurde Wasser geholt. Steine führten zur Tränke durch einen Sumpf, zwischen Gras und Wacholder ein bohlenbelegter Platz. Ein großer Trog gab Wasser in einen kleinen, die Röhre des kleinen gab es in einen Topf, der gab es überlaufend an einen Bach, der zog es weg und machte Morast daraus. Dort hielt man sich an heißen Tagen auf. Die Beerenfreunde kamen, man saß an den Trögen, meine Mutter spielte Flöte, ich sollte es lernen, Notenblätter auf dem zerschrammten Knie. Kinder pudelten nackt in gestauten Becken, ich selbst war nackt, mit Flöte, und fühlte mich wohl. An einem Abend war das Nacktsein aus. Man wollte wissen, wie schön ich zu spielen verstand, und stellte mich nackt an die Tränke, dort spielte ich vor. Meine Mutter war guter Dinge und lobte mich sehr. *Nein, dieses Kind! Wie bezaubernd! Wie gut es spielt! Ein entzückender kleiner Pan in unserem Kreis!* Ich durfte mich, weiterspielend, von hinten zeigen, das zerstochene Gesäß schien die Freude der Frauen zu sein. Mein Auftritt war für weitere Stücke geplant, doch war ich zu beklommen, um dazustehn. Ich ließ die Flöte, verschwand und spielte nicht mehr. Man rief meinen Namen, ich spielte nie wieder Flöte. Ein überempfindliches, ungezogenes Kind. Erotische Perversion von Bildungsästheten, in ähnlicher Weise häufig wiederholt, vom Kind mit Scham ertragen, vereitelt durch Flucht, und meine Mutter schwärmte noch lang davon.

⁂

Was sie von sich aus zu vermitteln wußte, durch Vorbild, Belehrung und Erziehungszwang, war Christlichkeit im Rahmen der Kirchengemeinde. Ein preußischer Protestantismus beschlagnahmte mich, mit der strikten, prüden Verfassung seiner Moral. Meine Mutter lebte tätig in ihrer Gemeinde, in Gottesdiensten, Betreuungen, Bibelkreisen. Sie sang, mit Unterbrechung, im Kirchenchor und war auf ein kirchliches Wochenblatt abonniert. Auf ihrem Tisch, neben Wörterbüchern und Perlen, lag ein graues Losungsbüchlein (nach Monaten wechselnd) und Erbauungsliteratur im Heftformat. Es häuften sich Bücher von Edzard Schaper und Albrecht Goes, Luise Rinser, Kurt Marti und Heinrich Böll, liberaler Moralisten und Theologen, und *Rufern in der Wüste* (ein häufiges Wort, das ohne Anführungszeichen zu hören war). Die Söhne wurden zu gläubigen Krüppeln erzogen, die Kindergottesdienste waren Pflicht, an Sonntagvormittagen verloren und trist, dann listig geschwänzt, boykottiert und zum Teufel gejagt. Eins ihrer Kinder mußte immer hin, die Familie sollte sichtbar vertreten sein. Man verhandelte untereinander und kaufte sich los, der Freikauf hing von der Höhe des Taschengelds ab. Die Gemeindekirche war von Bomben zerstört, der Gottesdienst fand in wechselnden Häusern statt, in Hintersälen und engen Lokalen, vier Jahre lang im Vereinshaus einer Verbindung (Wappen, Mützen und Degen im Eingangsraum). Ein kleiner Altar stand vor der Wand des Saals, der Zugang teilte den Raum in Sitzhälften auf. Man besah sich den andern Teil der vorhandenen Gemeinde, von langen Predigten geneigte Köpfe, ein singendes Gebiß, ein verrutschtes Kleid. Im Nebenraum befand sich die Sakristei, ein Vorhang trennte sie vom gefüllten Saal, dünner, stinkender Stoff mit schwingenden Falten, und ließ die geputzten Schuhe des Pfarrers sehn. Während man sitzend oder stehend sang, ertönte von dort Geraschel des Predigtpapiers, das ausführliche Naseputzen von Pfarrer Katz. Mich zog zu den Gottesdiensten nur eines hin: die Gegenwart der Mädchen, in die ich verliebt war, das heimliche Anschaun, das unsichtbare Poussieren, die von Liturgie geschützte Vertraulichkeit, ein herrlich obszönes Tasten im ehrbaren Raum. Ich wartete auf sie im Eingang des Saals, verfolgte genau die zögernde Wahl des Stuhls, und eroberte mit Gedrängel den einzigen Sitz, auf dem die tote Stunde erträglich war. Mit ein paar Mädchen vor Augen ging alles gut. Der Rest war Langeweile und schleichende Pein.

Von Kindheit an, für immer und unauslöschlich, blieb mir die evangelische Predigt suspekt. Die Tonart ihrer Verkündigung peinigte mich. Ihre scheinbare Aufrichtigkeit, ihre falsche Beweiskraft, erschien nicht zumutbar für ein frisches Hirn. Niederschmetternde Länge und trostreiches Pathos, der betulich-pastorale Triumph des *Amen*, die Verschwommenheit Gottes in lebensfeindlichen Phrasen, das Zerdrükkende, Saure ihrer Gewissenslast. Sehr früh ertrug ich Kirche als Stagnation und jedes Geschehen in ihr als feindliche Pflicht. Trocknung, Ausmagerung aller Vitalität. Spirituelle Formeln versteht kein Kind. Es braucht einen Gott, mit dem es sprechen kann.

Ich durchlief bedrückt, mit schwerverletzten Instinkten (Grimassenschneiden und böse Gelächteranfälle) die pflichtgemäßen Etappen zur Konfirmation. Fassungslos, mit Unbehagen und Abscheu, erfaßte ich die christliche Physiognomie. Sanftmut der Kirchgänger, strebsame Herde von Schafen, Biederkeit, zur Freude fest entschlossen. Geordnete Fröhlichkeiten im *Licht des Glaubens*, Weihnachtsgesichter voll Antworten ohne Fragen, die geschäftige muntere Demut im Dienst des Herrn. Beklemmend geschlechtslose Frauen und ältliche Männer. Orgel der Protestanten – *Harmonium*. Ein Katzenjammer wimmerndes Folterzeug. Kirchengesang, ein schleppendes Jubilieren, das schwarze Gesangbuch und das kahle Kreuz. *Kollekte* – ein Spendenteller, nicht allzu bescheiden, wohin verschwand mein kostbares Taschengeld. Der Segen, eine beklemmende Dusche aus Nichts. Scharren der Stuhlbeine, Räuspern und Knochendehnen, dann fing der Nachhauseweg mit den Mädchen an. Hier wurde nicht Leben gelacht oder vorbereitet, hier wurden seine Beschränkungen eingeübt. Hier wurde kastriert, verhäuslicht und kurzgetreten. Hier wurde die seelische Dummheit des Bürgers trainiert.

Untrügliche Ahnung und ungenügendes Wissen. Ich saß eine Weile in der Kirchlichkeit fest, meuternd, verbockt und vermutlich der Zukunft zuliebe, und nahm jede Möglichkeit eines Ausbruchs wahr. Die *christliche Jugend*, der Sport und die Laienspielgruppe, dort war ich vor Häuslichkeit sicher und gern unterwegs. Dort sollte Gemeinschaft wieder verpflichtend sein. Und obwohl man in Skihütten saß und den Schwarzwald bewohnte (Naturschwärmerei und nächtliche Räuberspiele; Quellwasser, Tannen im Wind und verschneite Wege) – die Kirche holte das gute Verwildern ein. Die Morgenandacht, die Gesänge, der Aufsichtsvikar. Das Gemeinschaftserlebnis, der Wimpel, die Uniform.

Das protestantische Reglement verblaßte. Die Glaubensvorschrift verpuffte in Lächerlichkeit. Ich trieb mich herum, verschwand in erotischen Krisen und wurde für ein paar Jahre kriminell. Zu allen Zeiten nahm ich den Reichtum wahr, den Freiburg, die schöne Stadt, mir zu leben gab. Von Kindheit an, mit Neugier und heller Erwartung, liebte ich alles, was katholisch war. Die Münstermessen, den Weihrauch, die Prozessionen, die Herrlichkeit goldner Altäre, die sichtbare Pracht. Der Katholizismus schien ein Festspiel zu sein, der alles im Land Vorhandene leben ließ: den Wind, die Musik, das Brot und die alten Platanen; die Jahresfeste, die Butter, das Obst und den Wein; der Schwarzwald war katholisch, die Märkte und Brunnen, die Gasthöfe und die Dörfer, die Plätze und Namen. Katholisch waren die Engel, ein Land voller Engel, sie hingen an Gräbern, Altären, Gewölben und Toren, mit nackten, gelackten Bäuchen, mit Locken und Flügeln; sie standen hoch am Turm mit schweren Posaunen und bliesen die Weltmusik Gottes in den Wind.

Der Gott, der mir zustand, mußte katholisch sein.

Ich war nicht katholisch, also was war ich sonst. Warum evangelisch, warum nicht katholisch sein. Warum vom einen alles, vom anderen nichts. Mein Vater war katholisch, dies war meine Stadt, mit dem Münsterturm, dem schönsten der Christenheit. Ich wollte um jeden Preis katholisch sein. Mein Vater freute sich, meine Mutter schwieg. Der Entschluß war ernst und beherrschte ein halbes Jahr. Der Machtkampf meiner Eltern bewegte mich nicht. Ich verschwand aus den Religionen ohne Konflikt. Meine Mutter war enttäuscht und schwieg. Der verspätete Kirchenaustritt erschütterte sie.

Sie lebte in Jahresfesten des Kirchenkalenders und hielt ihr Leben lang an den Daten fest. Es stellte sich pünktlich, aus unbegreiflichem Vorrat, das jeweils passende Empfinden ein. Weihnachtliche Freude, denn Christ war geboren; österliches Vergnügtsein und pfingstlicher Jubel, Karfreitage ohne Lächeln (sie blieb in der Wohnung), sinistre Buß- und Bettage in den Kirchen, empfindsames Totengedenken und Friedhofsbesuche, das seelische Jahr voller Stimmung und Attitüde, auf dessen Gesetze ich verpflichtet war. Ein Kind war verpflichtet, die ganze Verwandtschaft zu lieben, erziehungsberechtigte Großmutter, Onkel und Tanten, deren alter Übelgeruch mir zuwider war.

Meine Mutter verbrachte ihr Leben in diesem Glauben und fand in ihm den für sie notwendigen Halt. Die Herkunft war protestantisch seit Generationen, kinderreiche Familien, preußisch alle, Lehrer und Rechtsanwälte, ein paar Pastoren, deutsches Beamtentum mit Pflichten und Ehren. Sie hing daran, Familie war ihre Gewähr. Selbstverständliche Treue hielt an ihr fest und bedachte alle Personen im weitesten Kreis. Ein Öhmchen, ein Onkel Fritz, eine Tante Loochen, erstaunliche Charaktere und Originale, vor allem Frauen, gute und strenge Frauen, und beherrschende Mütter mit langer Regierungszeit. In diesen Familien wurde man endlos alt. Die immer gleiche Gewißheit setzte sich fort: man lebte gerecht und verläßlich in deutschen Grenzen und hielt an überlieferten Formen fest. Die Harz- und Ostseereisen mit vielen Koffern, Berliner Promenaden, Gumbinnen im Sommer, Paris und Norderney, solide Pensionen, eine Weltausstellung, ein Wintervergnügen im Schnee. Die Töchter wuchsen als *höhere Töchter* auf, mit Kindermädchen, Klavieren und hübschen Lektüren, der Lärm der Belle Epoque war ein Wetterleuchten, das in fernen Ländern verblitzte, und nichts geschah. Meine Mutter war die letzte in ihrer Familie, die ein Leben ohne Sorge in Anspruch nahm, mit dem Reiz einer äußerlichen Emanzipation. Die war finanziert und auf Männer angewiesen, ihr Ziel war die Ehe in aufgeschlossener Form. Das betraf die Interessen, die Bildung, die Koketterie. Illusion und Anspruch waren ihr Kapital.

Das für alle faßbare Glück bestand darin (und die Sehnsucht meiner Mutter hielt daran fest), daß dies alles sich wiederholte in Generationen, nicht abgenutzt wurde und übersichtlich verlief. Kein Beruf war allzusehr vom anderen verschieden, keine Reise allzusehr von der anderen entfernt, kein Mensch erschreckte durch Ausbruch und Eskapade, kein Fortschritt war so entscheidend, daß etwas zerbrach. Man ging mit *Erfahrungen* um wie mit jungen Kaninchen, es war für sie ein Stall und ein Futter da; ein Verständnis war da für alle Gegebenheiten, und Ordnung als Unterkunft war für jeden gut. Solide Heiterkeit, die nicht Hunger verspürte, schien im Hintergrund aller Familien gefestigt zu sein. Das

Kaiserwetter hielt an, und das Geld war vorhanden. Eine Ewigkeit Leben war für alle gewiß.

In der Zeit zwischen Abitur und Ehe schien die christliche Tradition sich verflüchtigt zu haben. Ihr *Familiensinn* verschwand in der Gegenwart, ein neues Selbstbewußtsein prägte sich aus. Sie nahm als Studentin an der Moderne teil, fünf fliegende Jahre, die sie *bewußt genoß*. Freundschaften, Reisen und Seminare, und sie war eine junge, kluge, verwöhnte Frau. Ihre Freundinnen waren meist kühle Naturen, aus dem Bürgertum stammend wie sie, und hatten Geld. Der Beginn ihrer Ehe fiel in das Dritte Reich. Ihr Protestantismus wurde wieder wach. Das war nicht mehr nur Atmosphäre von Häuslichkeit, der moralische Dirigismus der Großmütterzeit. Sie wurde nicht getragen und dirigiert. Sie erkannte sich selbst als Trägerin eines Glaubens, dessen Praxis und Wörtlichkeit sie selbst betraf. Sie behauptete ihn in der Ehe und gegen die Zeit, verkirchlichte ihn und nahm seine Regeln wahr, eine feste Identität gegen Politik, und eine Gemeinschaft, in der sie an Halt gewann. Die Festigkeit setzte sich fort als Verfestigung, als Krieg und Trennung ihr Dasein in Schrecken versetzte. Sie hielt sich in Zukunft an allem Gegebenen fest: die *rege Tätigkeit in der Kirchengemeinde*, die Caritas, das Singspiel, das Winterhilfswerk ermöglichten ihr, der Mühsal zu widerstehn. Dort wurden die Kinder der Reihe nach untergebracht, und *Flüchtlingshilfe* wurde für mich zur Pflicht. Ich brachte

Pakete und Kleider in Notunterkünfte, dort froren Menschen, die alles verloren hatten, Apathische, Hungergeschwächte in drückenden Haufen. Hier wurde mir zu der kindlichen Einsicht verholfen, daß man Leiden ertragen, doch besser beseitigen soll.

Die Christlichkeit wurde, der Zeitgeschichte entsprechend, auf immer neue Weise zu Halt und Trost. Die Theologie entsprach dem logischen Denken (das abgöttisch wichtig wurde im Lauf des Kriegs), die Moral ihrem Anspruch auf Trost und Humanität. Im Wiederbeginn der Ehe mit ihrem Mann, der zerrüttet vom Krieg und krank ihrer Stärke bedurfte; in Ehekrisen, Erschöpfungen, Depressionen (der Krieg hatte keine Zusammenbrüche erlaubt); in der festen Behauptung, stärker als er zu sein (die der alten Hybris neue Gewißheit gab). Sie zog sich immer mehr auf die Kirche zurück und wurde von mir immer offener attackiert. Sie verkapselte sich in Schweigen und Orthodoxie. Sie zwang ihre Kinder zu lauten Essensgebeten (neue Waffe im Machtkampf mit ihrem Mann). Sie starrten gepeinigt auf ihre gefalteten Hände, und auch sie selbst war nicht ganz froh dabei. Ihre Tonart, in christlichen Dingen seit jeher fatal, wurde unzumutbar und nahm noch an Peinlichkeit zu. Im Verschmelzen von Hochmut und Betulichkeit, von Strenge und Schwärmerei ein verfehlter Ton, ein beklemmend selbstgerechtes Erörtern und Tönen, dem selbst mein Vater, der alles an ihr bejahte, auf reizbare Weise nicht gewachsen war. Übelkeit riß mich vom Tisch und aus dem Zimmer. Wassertrinkend kam ich wieder zu mir. Ich stand am Küchenfenster und sah auf die Straße und besiegte Visionen von Flucht und Mord.

Sie nahm es hin, mit unausgesprochener Enttäuschung, daß die Söhne der Reihe nach aus der Hoffnung verschwanden, mit Attacke und Hohn ihre Konversation zerstörten. Ihr Gott wurde angespuckt oder fallengelassen. Sie hatte alles zu ihrer *Erziehung* getan – und mehr noch für ihre Revolte bereitgestellt. Langsam offenbarte sich ihren Söhnen das Trauerspiel einer monströsen Instinktlosigkeit. Belehrbarkeit war nie ihre Stärke gewesen. Ihr Hochmut war leer wie die Luft und hart wie Granit und noch in Fällen von Zweifel ein festes Korsett. Ich hatte inzwischen verstanden, daß hier nichts half. Ich lehnte den Glauben meiner Mutter ab. Offene Gegnerschaft überforderte sie. Wer mit ihr zu sprechen versuchte, mußte begreifen, daß Konversation ihre einzige Chance war. Kritik als ausbalancierte Erörterung. Wer rebellierte, hatte schlechten Geschmack. Wer die Mutter in Zweifel zog, war nicht ganz bei Trost. Ich akzeptierte, zu Anfang mit Überwindung, und nahm ihre Chance als meine letzte für sie. Mir blieb die Höflichkeit, ich liebte nicht. Sie mußte leben, wo sie sich befand.

Dann wurde sie älter, ich hatte es leichter als sie, mich hielt weder Christlichkeit noch Familie fest. Es lag an mir, eine Möglichkeit zu bestimmen, in der meine Distanz für sie nicht entmutigend war. In gemäßigter Verhandlung bestimmte man Grenzen, sie zog sich über mehrere Jahre hin. Gemeinsames Räsonieren legte fest, was gesagt werden könne oder besser nicht. Man erörterte zeitgeschichtliche Fragen zur Kirche, die Problematik ihrer Verstaatlichung, die Rolle des Protestantismus in Ost und West, die Bekennende Kirche und die christliche Kunst. Die politische Leidenschaft war stark genug, ihre immer gleiche Tonart in Kauf zu nehmen. Gesprächspartnerschaft – ein ambivalentes Parlieren, ein privat-liberales Umkreisen alltäglicher Dinge – blieb die einzige Lebenschance zwischen ihr und mir. Meine Angelegenheit stand ihr nicht zur Verfügung, und von fehlender Sympathie wurde nicht gesprochen, die Mutter wurde geliebt, sie hielt daran fest. Mit großer Vorsicht beließ ich ihr Illusionen, in denen sie glauben mochte, ein Sohn sei da.

Meine Mutter wurde älter, ich sah sie selten. Ich entdeckte das Zaubermittel *Erinnerung*. Die Bitte, zu erzählen, kam immer recht. Genaues Fragen wirkte als Stimulanz. Ich nahm an einem erstaunlichen Vorgang teil. Jene alternde Dame, die meine Mutter war, verwandelte sich in eine lebendige Frau. Im Erzählen der Kindheit war sie unendlich froh. Die Tonart entfiel, die Manier ihres Charmes verschwand, die Fasson des Menschen verflog in Erinnerung, sie war heiter und hell, amüsant wie nie. Sie erschien so gegenwärtig, so leicht im Raum, daß der Rückfall in Konversation nicht zu fassen war. Sie erzählte von ihren Eltern und Urgroßeltern, der Jugend, der Kaiserallee, dem Beginn ihrer Ehe, vor allem den Nichten und Neffen, Cousinen, Tanten, wie ulkig das alles war, diese ganze Verwandtschaft, wie imposant und wie tüchtig sie alle waren – abenteuerlich! – und wie sehr man einander liebte. (Weißt du, die Tante Lotte – aber nein, das kannst du dir nicht vorstellen, wie zierlich sie war, und immer schon etwas klüger als ihre Schwestern, unglaublich resolut und interessiert, und wie schlecht es ihr ging, als sie sich getrennt hatte von ihrem Verlobten, die Arme, nach diesem Ausflug zu den wilhelminischen Gräbern; wie sehr sie doch niedergeschlagen war, die Ärmste, sie hatte danach diesen kleinen Schlaganfall, der das linke Auge herunterzog, da begann sie mit ihrem Studium, Mathematik –) Sie hüpfte in Übertreibungen, lachte Tränen, und vor allem die Großmütter waren ominös (so viele davon schien kein anderer zu haben), fabelhaft mutterwitzige Majestäten, im Hintergrund kinderwimmelnder Frauenfamilien. Meine Mutter stammte aus einer Frauenfamilie, mein Vater aus einem Clan beherrschender Männer. Ich sah, wie fremd ihrem Wesen die Männer waren, und daß ihr Glück die frühe Kindheit war.

Sie widmete sich der Aufgabe, christlich zu leben. Das brachte im Alter den Vorzug, beschäftigt zu sein. *Sie widmete sich*, bezeichnend für sie, das konnte sie tun. Zur Hingabe war sie in keiner Weise imstand.

Das alles sollte *tragend* und Aufgabe sein. Sie nahm sich vor allem belasteter Frauen an. Sie selbst bestimmte die Grenzen der Sympathie, das Ausmaß des Tätigseins, den Verbrauch von Zeit. Sie mußte in jedem Fall die Bestimmende sein, die Beginnende und die Beendende, jederzeit. Sie duldete keine Frauen neben sich. Der von ihr beachtete Mensch durfte leidend sein, doch nicht so sehr, daß ihre Lektüre litt. Sie duldete in der Beanspruchung keinen Konflikt und klagte gern, wie schwer die Verpflichtung sei. Sie stellte sich noch in der Liebe als Preußin dar: ein diszipliniertes Opfern von Kraft und Zeit. Das durchdacht von ihr Dargereichte war ihre Leistung, nur dort war ihr Gefühl von Einschränkung frei. Nur dort kam sie Menschen anderer Klassen nah. Dort war sie sicher, das Richtige gut zu tun, und sie selbst war der christliche Mensch, der das Richtige tat. Leiden anderer erweckte ein Mitempfinden, das ihrer Gefühlsfähigkeit, wie es schien, entsprach. Die betroffen schwärmende Tonart war schwer zu ertragen, und nicht jeder von ihr Betreute war froh dabei.

Die platonisch organisierte Sympathie. Die mittelbare Liebe, gedanklich durchdrungen. Das unpersönliche Lieben einer Frau, die zu unmittelbarer Liebe nicht fähig war. Eine Frau ohne Nacktheit, Humor und Spiel. Nichts Selbstverständliches war lebendig in ihr, nichts Elementares erschien, und sie war nicht spontan. Eine alte Gegengestalt zur Revolution, die mit offener Brust und erhobener Fahne erscheint.

Das Porträt meiner Mutter hätte Ingres gemalt (Jean Auguste Dominique), in idealer Manier. Das Brustbild einer Dame mit sinnenden Augen. Ein Buch, eine Tasse Tee, ein hübsches Kollier. Dahinter, im Dunkel verschwindend, ein Kruzifix.

Hinter Sonntagsgesang und Predigtpathos, weit hinter Betulichkeiten und Prüderien, blieb eine Sprache übrig, vielleicht nur ein Ton, den ich festhielt und mitnehmen konnte allein für mich. Sprache der Bibel, die Wortlaute alter Lieder, Luther, Paul Gerhardt, Tersteegen und Johann Rist. *Es kumpt ein Schiff geladen / recht uff sein höchstes Port.* Johannes Tauler hatte das Lied gemacht. Wie kam er dazu, er war doch ein einzelner Mensch. Schrieben denn einzelne Menschen solche Lieder. Waren denn solche Lieder nicht immer da, schon immer dagewesen, im Mund der Zeit. Konnte ein Mensch an Gedichten beteiligt sein. Der Kindergedanke hielt Sprache für anonym. Gedichte und Lieder hatten sich selbst gemacht.

Später verstand ich, daß es Dichter gab. Das machte Gedichte nicht weniger mysteriös. Leidenschaftlich liebte ich solche Menschen. Sie hatten zur Pestzeit, im Dreißigjährigen Krieg, uralte Verse gemacht, die ich heute las. Doch war es nicht leicht, ihre Sprache vom Lied zu befreien. Sie verschwand in bieder zersungenen Melodien, erschien verhaftet durch sie, nicht davon zu trennen, vergiftet vom leiernden Frohsinn der Christenschar. Gott, falls es das gab, ein weltbewanderter Gott, war nur in der Sprache von Versen für mich zu Haus. Er war zu Haus in Musiken ohne Wort, in Orgeln, Orchestern und katholischen Messen, von Buxtehude und Schütz war mir nichts bekannt. In Sonntagsgesängen war Gott nicht zu Haus. Er saß mit verstopften Ohren in Finsternis und spuckte für ihn gesungene Lieder aus.

Morgenglanz der Ewigkeit,
Licht vom unerschöpften Lichte,
Schick uns diese Morgenzeit
Deine Strahlen zu Gesichte
Und vertreib durch deine Macht
Unsere Nacht.

Im Klang solcher Reime begann ich zu schreiben, was reißend und dunkel an Hoffnung in mir war. Von dort kam ein Begreifen des Unbedingten, egal, ob es alt oder neu und christlich war. Verse wie diese machten mir einen Gott, wie andere eine herrliche Gottlosigkeit. Luther und Villon waren gute Geschwister, wo der eine fehlte, war der andere da. Die Bibel war ein Bericht, und ich konnte ihn lesen. Die Liederdichtung wurde Privatbesitz.

✻

Die *Flüchtlingshilfe* ging vom Pfarrer aus. Die Kinder sammelten Äpfel und Brot, teilten Suppe aus, verteilten Kleider und sangen *Gott, meine Zuversicht!* im Asyl. Ich wurde einem Jungen zugeteilt. Er war zehn Jahre alt, so alt wie ich, ein aufgeschwemmtes, altes Riesenkind mit platten Füßen und geschorenem Kopf. Die Augen waren leer, wie ausgedrückt, Idiotenlächeln hing um den kleinen Mund. Er wohnte mit seinen Eltern nicht weit von mir (zwei Straßen hinter der Neuen Kaserne) in einem engen Raum, der nach Wäsche stank. Er lag, wenn ich kam, auf der Matratze und lächelte die Decke an.

Mir wurde gesagt: Sei geduldig mit ihm; sieh zu, daß er rauskommt, nimm ihn zum Spielen mit.

Ich zeigte ihm die Trümmer am Rande Erfurts, die Gräben und Bunker im Steigerwald, das Schützenhaus und die zerschossenen Panzer, das tote Stadion, die Höfe der Schuhfabrik. Wir trabten die lange Chaussee zum Bahnhof hinunter und sammelten Reste von Kohl hinterm Polenhaus. Ich brachte ihn zum Kartoffelessen in die Küche meiner Großeltern mit.

Er stampfte still, mit eingezogenem Schädel, und hielt sein leeres Lächeln in die Luft. Der rechte Arm schwang wie ein Pendel, der linke hing unbeweglich am Schenkel herab. Er sah flüchtig an, was ich ihm zeigte, sein Blick fiel in mein Gesicht zurück, als erwarte er Anweisung für den Gebrauch der Welt. In seinem Blick war ein Ding dem anderen gleich, die Maus, der Teller, der Backstein, alle gleich. Ich sah: er hörte mich, fern wie ein Tier. Vertrauen, stumpf und dunkel, blickte mich an. Umarmung oder Fußtritt, alles gleich.

Mitleid bedrückte mich, ein schleichendes Grauen. Ratlosigkeit, was fehlte ihm, ich hatte Angst. Ich redete, ohne zu wissen, wovon ich sprach. Wir versteckten uns in den Trümmern des Polenhauses, ich sprach auf ihn ein, versuchte noch zu erzählen, dann machte mich die eigene Panik stumm. Nach ein paar Tagen wußte ich den Grund: er sagte nichts, er hatte kein Wort gesagt. Der lebte geräuschlos wie ein Kürbis, kein Ton, kein Atemzug, kein Naseputzen. Er lachte, heulte, fluchte nicht. Ich brachte ihn in das stinkende Zimmer zurück. Die Eltern saßen stumm am Tisch, die Augen fragten, ob er gesprochen habe.

Ich hatte gehört, er sei auf der Flucht verstummt.

Der Pfarrer sagte: Einfach ist das nicht; doch aufzugeben ist für uns zu leicht.

Ich nahm ihn noch einmal zu Freunden mit. Wir klauten Schmalz und Käse beim Amerikaner (die Jeeps in den Straßen wurden nur nachts bewacht), schafften Büchsen und Dosen in eine Ruine, wo Wasser troff und Matratzen faulten, und wollten den Reichtum mit ihm teilen. Er stand dabei und lächelte und schwieg.

Geduld und Hoffnung wurden müde, die Nächstenliebe war verbraucht. Als ich noch einmal hinging, war er verschwunden. Im Zimmer wohnten zwei graue alte Frauen, sie wußten nichts.

✲

Zwei kleine Hasen zogen bei uns ein. Sie bewohnten getrennte Ställe unterm Vordach des Hauses an der schmalen Straße nach Sankt Barbara. Der braune gehörte dem Bruder, der graue mir. Der Bruder, vier Jahre jünger als ich, verwöhnte sein gefräßiges, herrliches Tier – o Gras und Löwenzahn in frischen Massen. Ich war acht Jahre alt und wußte: mein Hase war da, um geschlachtet zu werden. Ich war dazu angestellt, einen Braten zu mästen.

Kriegs- und Notzeithase. Totschlaghase. Weihnachtshase. Luxusbratenhase. Kostbarer Braten für den Tag, wenn mein Vater aus Polen in Urlaub kam. Der braune Hase wurde stark und dick, ein bratenreifer Riese nach kurzer Zeit. Mein Hase wollte nicht gedeihen, obwohl er doch in guten Händen war.

Da war der braune Hase auf einmal verschwunden. Da stand ein Weihnachtsbraten auf dem Tisch. Da löste sich der Bruder in Tränen auf und wollte nichts von seinem Hasen essen.

Da triumphierte ich, mein zarter Hase lebte, und aß vom Hasen des Bruders wie alle, soviel ich auf meinen Teller bekam.

Dann kam mein Hase an die Reihe. Lucie schlachtete ihn, sie zog ihm das Fell ab, und ich aß von meinem Hasen wie alle, soviel ich auf meinen Teller bekam.

✣

Wenn mein Vater erschien, ging eine Veränderung vor. Sein bloßes Erscheinen löste Bewegung aus, unterbrach ein Geschehen, beendete ein Gespräch. Sein häuslicher Auftritt, geballt nervös, überreizt oder feindlich, in seltenen Fällen froh, bewirkte Unsicherheit, rief Abwehr hervor, freudlose Neugier oder Ironie: es wird was passieren, aber was. Er brachte in jedem Fall ein Geschehen in Gang. Er vermittelte etwas, er drückte sich aus.

Das Erscheinen meiner Mutter vermittelte nichts. Nichts Unmittelbares erfolgte und nichts geschah. Sie betrat den Raum – da hatte sich nichts vermittelt, da war – auf spürbare Weise – nichts geschehn. Meine Mutter schien sich darauf verlassen zu können, daß Intelligenz und Schönheit ausreichend seien. Sie war so emphatisch darin bestätigt worden, daß Kritik oder Zweifel nicht mehr möglich war. Die kritiklose Aufmerksamkeit meines Vaters für sie, die ratlos blinde Verehrung für seine Frau verschafften ihr unbestreitbare Rechte auf nichts. Sie ließ durch ihre Schönheit Antwort geben.

Die Schönheit der Mutter war für ein Kind nichts wert. Ihr Schöngeist erwärmte kein offenes Herz.

Ihr folgenloser Auftritt beruhigte nicht. Daß nichts vermittelt wurde, verletzte nur. Im Nichtgeschehen blieb die Seele leer. Daß die Mutter das Recht besaß, nichts vermitteln zu dürfen, war unbegreiflich und löste Erschöpfung aus.

Sie wies immer häufiger alles Lebendige ab. Das Lebendigste im Haus waren ihre Kinder, das Lebendigste war zuviel, zu direkt und roh. Das Lebendigste sprengte Formen, Manier und Manieren, das Lebendigste wollte hungrig und heiter sein. Es wollte einer Mutter sicher sein, zum Spielen, Umarmen und Küssen, zum Lachen und Weinen. Das Lebendigste hätte eine Freundin gebraucht, die Leben lebendig sein ließ und lebendiger machte. Das hätte genügt, es hätte für immer genügt. Da wäre die Mutter eine Natur gewesen. Ihr bloßes Vorhandensein hätte allem genügt.

Sie vermittelte das Fehlen ihrer Natur, das beständige Fehlen von Natürlichkeit.

Im Lauf der Zeit fing sie an, zu spüren, ohne Bewußtheit, daß Fehlendes in ihr war. Sie wies die Möglichkeit eines Mangels ab – daß etwas von ihr versäumt, nicht verwirklicht sei. Bis ins hohe Alter blieb ihr der Hochmut treu, ihre prinzipielle Gewißheit, im Recht zu sein. Die Beglaubigung durch ihre Kinder blieb aus. Drei Söhne waren, gebeutelt in ihren Instinkten, zur erwünschten Bestätigung nicht imstand.

Ihr Leiden äußerte sich durch Verdrossenheit. Latenter Unmut versauerte ihren Charme. Das Lebenverlangen der Kinder war zu real, der Wunsch nach Bilderbuchkindern erfüllte sich nicht. Sie verwechselte ihre Namen, gab unwillig Antwort und zog sich in Kopfschmerz oder Lektüre zurück.

Mangelnde Lebenslust und verborgene Herrschsucht, die standen dem Ordnungssinn ihres Mannes entgegen, zwei Ordnungwillen im chronisch verengten Raum. Nervös-diktatorisch der eine, der andere passiv, vermeintlich ausgleichend, ohne Position. Die Vermittlung der Mutter ging von Tag zu Tag, in ihr fand ein Kind keinen weiterwirkenden Halt. Sie beschwichtigte alle und bestätigte nichts. Sie half bei den Schulaufgaben, beschwor und ermahnte, und wiegte sich in beklemmender Harmonie. Wenn der Vater strafte, und sie saß dabei, und Schimpf und Schande hagelten auf das Kind, die Ohrfeige hing an ihm, ein rotes Mal, es rannte aus dem Zimmer und wurde verfolgt, es wütete selbst und verschrie den unfaßbaren Zorn, es wurde die Treppe hinab zur Bestrafung geführt, ins Unrecht gesetzt und drin sitzen gelassen, dann verstummte meine Mutter, hielt still und schwieg. Sie saß im Sofa, entgeistert, starr, und schwieg. Sie verhinderte nichts, entzog sich vorwurfsvoll, beruhigte alle und ließ das Entsetzen zu. Sie konnte tun, als sei es nicht geschehn. Sie litt an dem *Zwischenfall* und konnte sagen: *Du hast es dir zuzuschreiben, nun nimm dich zusammen.* Sie erkannte die Feigheit ihres Mannes nicht: entschiedener Widerstand verknurrte ihn.

Und war das Zerstauchen ihres Kindes vorbei und sollte es wieder normal und friedfertig sein, erklang in der Stimme des Vaters ein letzter Satz. *Geh jetzt zu deiner Mutter*, hieß der Satz.

Was sollte man dort. Man ging zu der Mutter und schwieg. Sie redete oder schwieg, erklärte und schwieg. Freudlos, hilflos und ohne Hilfe für mich. Ratlose Diplomatie an wechselnden Fronten. Vom Vater weg oder hinhaltend auf ihn zu. Am Sohn vorbei oder hinhaltend zu ihm hin. *Kind, versteh doch den Vater, und gib nichts darauf.* Sie ließ ihre Kinder allein, wenn sie länger bebten, als ihrer Lebenshygiene berechtigt erschien. Ungehalten, verdrossen, und wandte sich ab.

✻

Sie war nicht bereitwillig, lernte Gewöhnliches nie. Sie verabscheute Gartengeräte und Handwerkszeug, trug ungern Koffer und lehnte das Fahrrad ab, den Führerschein, das Brennholz und das Geschirr. Sie lehnte den Keller und den Speicher ab, sie lehnte kaputte Schuhe und Strümpfe ab. Sie lehnte die Störungen ihrer Empfindsamkeit ab. Sie lehnte ab, sie lehnte den Regen ab. Es gab für ein Kind keinen Grund, sich daran zu gewöhnen. Es fiel zwischen seine Eltern und blieb allein.

✻

Namen, die die Zärtlichkeit erfindet. Wie Wintermäntel warm gefütterte Namen. Geflügelte Vergleiche und lachende Silben, ins Ohr des Kindes geküßt, für immer geschenkt. Privatbesitz, dessen Anlaß vergessen wird. Lauseköpfchen, Bäumchen, strebsames Schweinchen. Wimperchen, Zöpfchen, Bengele, Beierle, Bing.

Die Geschichte der Verkleinerungsformeln aus Liebe, der Kosenamen und privaten Taufen, des unendlichen Reichtums familiärer Sprachen, die Geheimnisse ihrer Anhänglichkeit und Komik – eine Geschichte, die nie geschrieben wird.

Jedes Kind hat ein Recht auf zärtliche Namen.

Das ist verbürgt in den Menschenrechten des Kindes, die kein Erwachsener je geschrieben hat.

Ihr Vater hatte keinen und schenkte keinen. Ein farbloses Menschenleben mit Namen Karl.

Ihre Mutter schien jene Namen verloren zu haben. Dann hieß sie Frieda Pietzker ihr Leben lang.

Sie besaß einen Namen, der alle Kinder benannte. Man hieß seit hundert Jahren *Pomuchelskopf*. Pomuchel war ein Fisch mit häßlichen Augen. Er kam, soviel ich wußte, nur einmal vor: in einem kleinen schlesischen Gewässer, an dem sie mit ihren Kindern in Ferien war.

Wie sie besaß meine Mutter nur einen Namen. Der Sammelname war für alle gut. Da sie die Namen durcheinanderwarf, oft nicht erfassen konnte, wer zu ihr kam, hielt sie für alle einen Namen fest: das Kind hieß *Hase*.

Wenn es nicht *Hase* hieß, dann hieß es *Kind*. Ach, Kind, was machst du wieder. Sei ordentlich, Kind.

Fellchen von meinem Fleisch.
Mein kleines zitterndes Häschen.

Kunst und Leben. O Leben und Kunst!

Ein ramponiertes altes Gegensatzpaar, in Unterscheidung, Einheit und Kontroverse ein Fossil akademischer Betrachtungsweise.

Es traf auf meine Mutter als Literatur, in der Unterscheidung von Kunst und Leben zu.

Sie lebte mit Proust, Fontane und anderen, im wohltemperierten Lesen von Literatur. In ihm schien sie aufbewahrt, ein gewähltes Zuhause, das sich immerdar in Gespräche umsetzen ließ. In der reibungslosen Nachempfindung von Sprache vermißte sie nichts vom Stachel gewöhnlicher Welt. Die Literatur, ihre Thesen und Traditionen, die Konflikte und die Figuren großer Romane, Religion und Philosophie in dosierten Mengen, die Helden und Antihelden verstand sie gut. Sie überließ sich dem *hohen Gehalt* einer Sprache, das alles sollte bedeutsam und anregend sein. Sie literarisierte die Existenz. In der Sprache fand sie das Leben entschlackt und schön, ideale Körperlichkeit ohne Blasenentzündung, unkörperliches Befinden und feine Distanz. Die Konversation war ein festes Filtersystem, das reale Grobstoffe nicht passieren ließ. Sie schien nie ganz die Hoffnung verloren zu haben, daß Literatur und Leben einander entsprächen, in gewisser Weise lesbar auf beiden Seiten, in Zusammenhalt von Bildung und Daseinsstoff. Menschenleben in romanesken Folgen, ins reine gelebtes Leben mit tragenden Rollen, aufregend, mitreißend und gesellschaftsfähig. Die Gestalt im Buch war ihr vertrauter Besitz, sie erfaßte kritisch-schwärmerisch jedes Detail. Und wie oft war ich Zeuge ihrer Unfähigkeit, den im Zimmer vorhandenen Menschen für möglich zu halten. Der wäre ihr besser in einem Buch begegnet, dort konnte er ihres Interesses sicher sein. Und hätte die Buchgestalt ihr Zimmer betreten, real und ungereinigt und schlecht gekämmt – sie hätte sich geweigert, ihn zu erkennen, sie hätte ihm keine Wirklichkeit zuerkannt. Sie hätte ihn in die Sprache zurückverwiesen, mit dem Satz, der in Fällen von Unmut zu hören war: *Nein, dieser Kerl!*, das ungehörige Wesen, ein ungnädig knapper Wink hätte ihn vertrieben, sie hätte den Kopf geschüttelt und weitergelesen und etwas Zucker in den Tee getan.

✲

Sie begann ihre Ehe als strahlende Doktorandin und ohne zu wissen, was eine Küche ist. Etwas wie Kochen hatte sie nicht gelernt. Mein Vater wünschte eine Kartoffelsuppe (würzige Wintersuppe der Schwarzwälder Art, mit Bohnen, gerösteten Zwiebeln, geräuchertem Speck). Da setzte sie ein Literchen Wasser auf, gab fünf Kartoffeln hinein und etwas Salz, im ungeprüften Glauben, im festen Vertrauen, daß hier Gewünschtes aus sich selbst entstand. Es entstand gekochtes Wasser mit bräunlicher Färbung. Mein Vater war fassungslos und kochte selbst.

Sie lernte kochen, aber ohne Freude. Interesseloses Kochen ein Leben lang. Man aß das immer gleiche nach Wochenplan. Essen war unumgänglich, man mußte was essen, Essen war Nahrung, machte die Mäuler satt. Falscher Hase! O Kartoffelbrei! O Armer Ritter! Ewiges Apfelmus. Das fehlende Geld kam der fehlenden Kochkunst zu Hilfe. Ihr war auch als Köchin die Lust und das Zaubern fremd.

Sie behauptete, gern zu essen – o gerne essen! Sie ging mit Vergnügen in ein gutes Lokal, wo man *nett und bequem, in Atmosphäre* saß. Essen gehn, nicht essen, war von Belang, die Gesellschaftlichkeit und der Aufwand, die Auswahl der Speisen, das Zeremoniell der Gespräche, das neue Kleid. Der Aperitif war erwünscht wie das gute Dessert. Die *Atmosphäre* durfte exotisch und fremd, aber weder Kulisse noch *allzu geschmacklos* sein. Der Abwechslung wegen und nach Theaterbesuchen, die Konversation in der Weinstube mit Bekannten (die dort in Frage kamen), der festliche Wein. Man zeigte sich, trat auf und stellte sich dar. Ein Abend hatte die Pflicht, *ganz reizend* zu sein.

Sie hatte Durst und Hunger, jedoch in Grenzen, sie hatte Gaumennerven und sättigte sich. Der Stil verwandelte Essen in reizvolles Speisen, nicht oft kam vor, daß der Hunger den Stil vergaß. Sie aß gemäßigt, mit mäßigem Appetit, und Quantität war kein Begriff für sie. Sie pickte angeregt in schönen Salaten und führte sie blättchenweise in den Mund. Sie teilte Speisen in immer kleinere Teile, ließ immer neue Partikel im Teller kreisen, die Gabel drehte und wendete kleine Stücke, sortierte ein und aus und stellte zusammen, verwarf, sortierte neu und hob nach Ermessen ein dezent gestaltetes Häufchen vom Teller ab. So sah man eine Bohne zum Schinken reisen, von dort zur Kartoffel und an den Rand zurück. Man sah die nächste Bohne gedreht und gewendet, zur Kartoffel geschoben und an den Rand zurück. Danach einen halben Spargel zur Bohne geschoben, dann zur Kartoffel in Beziehung gesetzt, von ihr getrennt und noch einmal zur Bohne geschoben, dann gutgeheißen und mit der Bohne verzehrt. Nebentätigkeit in reizvoller Konversation.

Ich sah sie kauen, sie kaute gedankenverloren, sie kaute und sprach, die Zähne voller Speisen. Sie redete über kalt gewordenen Tellern, vergaß, was sie aß, und aß keine Speise auf. Sie kaute endlos weiter und brauchte am längsten, es schien keine Rolle zu spielen, was sie aß. Sie genoß mit der Attitüde des Genießens, sie stellte sich essend als Genießende dar. Sie hielt für Genuß, was andere für Abschmekken halten. Der Glaube, genossen zu haben, war ihr Genuß. Gern aß sie in Gesellschaft ein wenig mit. Für sie Gekochtes fand sie als Geste schön.

✲

Fräulein Busse hieß Büßchen und wußte es nicht. Sie kam am Mittwoch und räumte auf. Sie bügelte, fegte, putzte Fensterscheiben und ging, so gut es ging, mit dem Putzlappen um. Sie ging gebeugt, mit versteiften Nackenwirbeln, vom buckelhaften Rücken hing der Kopf, sank jährlich tiefer, blickte den Boden an. Man sah die Gutartigkeit eines Bernhardiners in Gestalt einer jungfräulich alten Frau. Unendlich freundlich, friedvoll und bejahend zog ihr Fayencegesicht durch die Jahrzehnte, nahm nichts vom Höllenkreis der Familie wahr und hielt den Menschen für im Grunde gut. Selbst mein gereizter Vater war entwaffnet, obwohl sie seinem Raum nicht viel Gutes tat. Denn Büßchen hörte schwer und sah nur schlecht. Stimmgewalten der Verständigung. Die Küche lärmte und die Zimmer schallten. Da sie von ihrer Arbeit selbst nichts hörte, nichts von der eigenen Stimme und nichts vom Besen, glich ihre Anwesenheit einer Rüpelstunde, die ein trunkener Hausgeist inszeniert.

Ihr Besen rammte Beine vom Eßtisch, ließ Kohleöfen und Schränke dröhnen und brachte das Klavier zu Fall. Es machte nichts aus, ich half ihr beim Entrümpeln, zog Bücher und Schuhe aus den Ecken und stellte die Möbel wieder auf. Sie konnte nichts dafür, sie war das Büßchen. Sie wurde älter, der Besen schwerer, da zog sie einen Stuhl durchs Zimmer und fegte sitzend ihren Umkreis frei. Dann war sie zu alt für Staub und Besen und kam an Sonntagen noch zum Tee.

Was wußte man von ihr. Es war nicht viel. Sie liebte Musik, Klavierspiel war ihr Leben. Mit ihrem Hörrohr ging sie in Konzerte, saß im Theater in der Reihe vier, wo der dauernde Presseplatz meines Vaters war. Ihr einziger Besitz war ein alter Flügel, Geschenk ihres Vaters, der ein Professor war. Sie hatte gehofft, als Pianistin zu leben, doch war ihre Fingerspanne zu gering. Und da die Kunst der Musik Kompromisse ausschließt, gab sie die halbe Karriere auf. Das war vor dem Zweiten Weltkrieg, in ihrer Jugend, sie brachte sich mit *kleiner Arbeit* durch, allein und heiter, in sanfter Würde, lebte in Einzelzimmern ohne Anspruch, mit Noten, Büchern und als Zugehfräulein, und wußte nichts von der Güte, die in ihr war. Man brachte ihr die Kohlen auf das Zimmer, saß als Kuchengast an ihrem Tischchen, schrie in die kleinen, weißen Ohren und hatte die stillen Augen gern.

Im Frieden der sechziger Jahre, in hohem Alter, wurde Fräulein Busse über Nacht verschleppt. Als man davon erfuhr, war es schon zu spät. Ein Amt befand, sie sei zu alt geworden, zu unbeweglich, um sich behelfen zu können, ohne Verwandtschaft, ein sozialer Fall, und überstellte sie in ein Asyl, in ein Heim für Leute, die niemand braucht. Es befand sich in einer Kleinstadt in Schwaben, ihr Zimmer fiel an das Amt, der Flügel verschwand. Sie sträubte sich und war doch schon verschollen. Nach ein paar Wochen war ihr Ende da.

⁂

Man lebt mit Menschen auf unterschiedliche Weise, versucht zurechtzukommen, so gut es geht. Meiner Mutter war das nicht genug, sie hielt ein System der Beziehung für angebracht. Sie wies den Bekanntschaften feste Plätze zu. Sie stand am Kopfende einer Hierarchie, organisierte den vielfachen Unterschied, hielt die Leute und ihre Interessen genau sortiert. Für jedes *Interessengebiet* der passende Mensch.

So kam es, daß Hugo Friedrich vom Büßchen hörte (als Anekdote in einer Abendgesellschaft) und das Büßchen nie vom Professor Friedrich erfuhr.

Mit einigen Leuten ging sie essen, mit anderen ging sie spazieren und ins Theater, oder nur ins Theater und nicht gerne essen, oder nur ins Konzert und nicht in den Kunstverein. Es gab ein paar Leute, die waren zum Teetrinken gut (an Sonntagnachmittagen um siebzehn Uhr), mit anderen traf man sich besser zum Wein in der Traube (wobei überlegt werden mußte, mit wem und wie lange). Es gab jene vielen, die traf man nur auf der Straße, und auch der Briefträger kannte die Wohnung nicht. Man ließ sich vom Büßchen ins Konzert begleiten, wobei man sicher war, etwas Gutes zu tun, obwohl sie schwerhörig war, vor Mitgefühl schnaufte, und überhaupt auf die Dauer zu alt. Nie wieder würde sie jenen zum Essen mitnehmen oder diesen in einen Vortrag von Horkheimer bitten. Der eine trank, der andere war despektierlich, der dritte sprach wirres Zeug und der vierte zuwenig. Der eine war kompliziert (telefonierte zuviel), der andere undankbar (rief selten an). Der eine wußte zuwenig von neuen Bildern (um zugezogen zu werden, trotz seines Charmes), der andere war *unergiebig* im kleinen Kreis. Die Kirchenfreunde blieben unter sich, kein *Bäumchen wechsle dich* war vorgesehen. Man konnte es mit dem oder jenem versuchen, man bat ihn dazu und fand, daß er reizend sei. Erstaunlich, was in einzelnen Menschen steckte. Wie sehr doch der Umgang mit ihnen lohnend war.

Nicht jeder fühlte sich wohl in den Grenzen dessen, was zugestanden, erwartet, gefordert war. Es ergaben sich *Mißverständnisse*, die sie kränkten. Rätselhaft war, was vor sich ging, vulkanisches Rumoren in ihrem Gehege. Daß auch vertraute Menschen sich ihr entzogen, ihre Konversation kein Reiz für jeden war; daß ihr Verfügungswille kein Mitspiel fand; daß sie der Grund für eine Verstimmung sein sollte. Überzeugt, keinen Anlaß gegeben zu haben. Ungehalten, daß ihr Kritik widerfuhr.

✻

Ich habe nicht viele Menschen kennengelernt, deren Philosemitismus glaubhaft war. Die deutschen fünfziger Jahre schallten davon. Die Betroffenheit tönte, ein kollektives Zerknirschen, dessen Peinlichkeit eine Last meiner Jugend war. Leute, die ich nicht fragte, versicherten mir, die Juden zu lieben, den Juden geholfen zu haben, oder nichts gewußt und wenig erfahren zu haben, und daß man versichere, ohne Schuld zu sein. Gute Beziehung zu Juden wurde betont. Ich wäre gern in der Wand verschwunden, wenn falsche Tonart, die jedes Empfinden verletzte, von Leuten Besitz ergriff, die ich glaubte zu kennen, und deren Bedauern eine Zumutung war. Genaues Fragen randalierte dagegen. Ich erfuhr, daß Treblinka entsetzlich gewesen sei. Vom Entsetzlichen wußte ich selbst, ich hatte gelesen. Philosemitismus, ein sichtbares Gift, das manchen Menschen grau werden ließ bei der Frage: wo warst du, wer bist du, was hast du im Krieg gemacht. Ich sah die älteren Leute mit offenen Augen, in denen kein Lichtstrahl von Vertrauen war. Der ernüchterte *böse Blick* einer Generation, die mit ungenauer Antwort zufrieden sein sollte. Meine Mutter war über jeden Verdacht erhaben, und die *Anständigkeit* meines Vaters, oft betont, blieb ein schwankender Glaube in mir und vielleicht ein Wunsch. Rassenhaß, Völkermord und seine Methoden, Verdrängung durch laut behauptete Sympathie – ich fiel, nicht vorgewarnt, in ein tiefes Loch. Ratlosigkeit, Depressionen, Attacke und Wut. Selbst dort, wo ich glaubte, allein und lebendig zu sein: die Sprache entpuppte sich als Verschiß der Geschichte. Ich wachte in eigenen Versen sprachlos auf. *Nacht und Nebel*, o Nacht und Nebel im Herbst, mein erster Rausch, mein heimlich saufender Satz. Er gehörte mir nicht, er war schon in Anspruch genommen, und nichts in ihm war brauchbar für meine Musik.

Der Name eines Deutschen war Karl oder Hans, der Name eines Franzosen Fernand oder Pierre. Man hieß nicht Hans, der Deutsche, Janine, die Französin, der Zusatz betraf nur den Juden: Ruth, die Jüdin. Man schien genau zu wissen, wer Jude war. Man hatte Freunde, die jüdisch und halbjüdisch waren, mit Juden verschwägert, befreundet oder verfilzt. Der deutsche Zusatz war für Juden gut und in unerklärlicher Weise gegen mich. Ich erfuhr in jedem Fall, daß der Mensch, den ich kannte, ein Jude war, das schien sein Verdienst zu sein. Er betraf auch Polen, Zigeuner und Senegalesen, doch war er frei von Vorsicht und Scham.

Der Philosemitismus tötete keinen, er spuckte nicht ins Gesicht, er ächtete nur. Die Ächtung war überflüssig für ihn und jeden, doch unerläßlich für den, der vom Juden sprach. Was war denn ein Jude, was war denn an ihm so fatal. Was war so fatal daran, daß ich Deutscher war. In grauenhaften Recherchen, ich war allein (die pauschalen Geräusche der Eltern vermittelten nichts), verschaffte ich mir Gewißheit, ein Ausmaß an Wissen, dem ich nicht gewachsen war, ich wurde krank. Vierzehn Jahre alt – zu früh, zu spät. Empörung, die gegen alle Erwachsenen spuckte, bitterer Abscheu, der alle Leute erfaßte, die in der Zeit vor mir sich behauptet hatten, und jetzt, als Profile von Fortschritt, Erfolg und Komfort, gefüttert, bedeutend und schuldlos ihr Leben betrieben. Ich nahm diese sonderbare Krankheit an. Der Virus, der Lebensgefühl und Instinkt verletzte, war das philosemitische Gift in jeder Dosierung, in der feinsten und besten Nuance und in jedem Wort *Jude*. Ich sah, daß meine Eltern vergiftet waren. Zu wissen, auf welche Weise, stand noch bevor.

Nach dem Tod meines Vaters, in seinen Tagebüchern, entdeckte ich das für ihn bezeichnende Gift. Mein Vater hatte die Juden nicht gemocht. Die Weigerung, in eine Wanne zu klettern, in der sich ein Jude vor ihm gewaschen hatte (er war Offizier und im Vollbesitz deutscher Rechte, er bewohnte ein Haus von Juden in Litzmannstadt) – was war denn das. Meine Mutter wußte Bescheid.

Sie hatte das Blatt überschlagen, seit zwanzig Jahren. Sie hatte das ganze Kapitel herausgetrennt. Der Mensch war ihr Mann, und sie konnte daran nichts ändern, sie konnte nichts ändern an ihm und versuchte es nicht. Den politischen Dialog hatte keiner gelernt. *Da habe ich eben weggeblickt.*

Sie erstickte die lange Belastung, so gut es ging, es ging nicht gut, die alltägliche Sorge half. Die Lage war bedrohlich, man lebte im Krieg, man hielt füreinander fest, was gemeinsam war. Die Kinder waren da, das Leben ging weiter, und sie glaubte an ihn, der so deutsch wie nicht notwendig war. Sie tröstete sich, verklärte das Bild ihres Mannes, der in Gefangenschaft lebte, so schlecht es ging. Sie vertraute auf Gott und die Stärke gemeinsamen Lebens, es konnte sich alles klären, vielleicht erneuern, zwei Menschen entdeckten einander in ihrer Treue, die Ehe, das Sakrament, war für immer gut. Sie fälschte das Bild ihres Mannes vor ihren Kindern, sie fälschte es vor sich selbst, vor Freunden und Feinden. Sie wurde zur Philosemitin ihr Leben lang.

Die Tonart – schwärmerisch zweifelnd – war schwer zu ertragen, doch war ihre Tonart in keinem Fall zu ertragen. Sie erzählte, befragt, von Berlin in den dreißiger Jahren, sie hatte auch mal einem Juden zu essen gebracht. Da besaß man ein Haus im Osten Berlins, dort kam kein aussortiertes Leben hin. Sie saß im Sofa und sprach nicht weiter. Verdrossenes Schweigen. Die Seele des andern ist dunkel.

*

Die prästabilierte Harmonie
ist das Schönste von der Welt.
Pangloß/ Voltaire

Von meinen Eltern im Stich gelassen, las ich, was greifbar war, aus eigenem Ermessen, ohne Vorbild und in der trüben Gewißheit, in falschen Zusammenhängen verhaftet zu sein. Mir hat kein Mensch, als ich wuchs und neugierig war (und süchtig nach Orientierung), ein Weltbild vermittelt, das weiter als bürgerlich deutsch und christlich war. Kein Mensch gab mir slawische Literatur zu lesen, kein Mensch erzählte die Religionen der Welt. Die Schule ließ alles Wissen in Daten verkommen. Der Religionsunterricht (Gebete im Stehen) verordnete gewöhnlichen Glaubenszwang, Kritik und Zweifel nicht erwünscht. Der Protestantismus war ein Goldfischglas, in dem, gut sichtbar, ein frommes Fischlein schwamm. Religion war Moral und Geschichte ein neues Tabu, von dem das zerkratzte Gewissen sich abraten ließ. Nichts wurde nahegelegt, kritisiert, empfohlen, nichts Kontroverses zerbrach das gute Gespräch. Meine Mutter, eine Dame der Geisteselite. Ihr Christentum schied alle Weltbilder aus, den Sozialismus als Praxis und Theorie, den Faschismus als europäisches Phänomen. Von Psychoanalyse erfuhr ich nichts. Ich kam erst spät dahinter: sie wußte nichts, sie wollte nichts wissen, es interessierte sie nicht. Der Buddhismus war nichts, der Islam – nichts; der Widerstand – nichts; die Résistance – nichts; die Emigration, das Exil – so gut wie nichts, man hatte zu diesen Kreisen keinen Kontakt. Unüberbietbare Hybris ordnete an, daß die Kinder im besten aller Weltbilder lebten. Politik als Praxis, Geschichte als Theorie kam allenfalls am Rand der Gespräche vor, hereingetragen von Leuten, die wieder verschwanden, ihr Schlagwetterwissen verprasselte mein Gehirn. Die Konversation (sie vermittelte vor allem sich selbst) hielt weder Information noch Tatsache fest. Das unwillkürliche oder bewußte Vermitteln, der begeisternde Vorschlag, die kluge Verführung zum Wissen waren meiner Mutter keine Silbe wert. In ihrem Zimmer standen französische Bücher, ich raubte sie in meine heimliche Höhle. Sie wollte nichts von dem, was sie las, empfehlen. Sie ließ ihren Sohn in der Wißbegierde allein.

Ich wurde zum weltanschaulichen Autodidakten; grub die sonderbarsten Weltbilder aus; stolperte durch Epochen und Weltgeschichten, Verfassungen, Paragraphen und Philosophien; wühlte in Zufallsmassen von Schriften herum. Thoreau, Bakunin, Herzen – wer waren die. Sie kannte Heidegger, der als *Lektüre* galt, ich fraß seine hirnbetäubenden Sätze auf. Kein Eselsbrückchen wurde mir hingebaut, ihr schien gewiß: ich war nicht reif dafür. Ich schien für Albert Schweitzer reif zu sein. Die Zuständigkeit der Schule blieb unbezweifelt, man hatte zu lernen, mit Antwort zufrieden zu sein. Sie fand mein Wissenwollen *originell*. Von ihren Antworten hielt ich nichts Greifbares fest.

*

Mein kleiner Bruder war verschwunden.

Er ging wie gewohnt am Morgen zur Schule, kam aber am Mittag nicht nach Haus. Zwei Stunden später begann die Suche, mein Vater und ich waren unterwegs. Ein Anruf im Gymnasium und es stand fest: er war dort an diesem Morgen nicht aufgetaucht. Kein Mensch in Freiburg hatte das Kind gesehn. Unter der Kellertreppe, in leeren Schachteln, entdeckte ich ein paar Hefte, der Ranzen war weg. Wir irrten Tag und Nacht durch Stadt und Vorstadt, riefen nach ihm in Wäldern und Gärten, durchsuchten Bahnhöfe, Steinbrüche und Lokale. Der Polizeieinsatz, die Radiomeldung, der Steckbrief des Jungen, elf Jahre alt; die Autofahrten ohne Ziel und Hoffnung, das Telefon, die Hilfe von Bekannten; die Bemerkungen im Gymnasium, das Stadtgespräch. Der Vater kopflos (Ängste und Blamagen), die Mutter ruhelos, düster, außer Fassung – das Kind blieb verschwunden ohne Spur.

Nach drei Tagen kam eine Ansichtskarte, *An die Familie* adressiert. Der Bengel ließ aus Breisach grüßen. *Aufwiedersehen!* mit Bleistift schön geschrieben. Man war sofort am Rhein, lief über die Brücke ins Elsaß, befragte den deutschen und den französischen

Zoll. Die Polizei hatte nichts bemerkt, man war ganz sicher, absolut sicher (ein einzelner Junge fiel doch jedem auf).

Der Gedanke an *das Schlimmste* blieb unausgesprochen: er könnte ins Wasser gegangen sein. Ein *Unfall* lag aus vielen Gründen nah. Sein Vater vermutete schlechte Noten, seine Mutter vermutete seinen Vater, ich vermutete die Familie und so weiter, und jeder hatte das Bild des Jungen vor Augen: verschlossen, eingeschüchtert, ernst und mager – der Krieg, der verstörende Nachkrieg, das Kinderheim; die Angst in der Schule, die hilflose Angst vor dem Vater (er lernte ihn kennen, fünf Jahre alt, nach dem Krieg, und erfuhr wenig Hilfe von seiner Mutter, obwohl er neben ihr im Sofa saß). Unter diesen Umständen lag ein Kurzschluß nah.

Am fünften Tag kam Bescheid aus Frankreich: der Junge befand sich in Epinal, gesund und gut unterquartiert im Waisenhaus, dort hingebracht von einem Franzosen – es wird erwartet, daß man ihn holen kommt.

Mein Vater wütete. Seine erste Reaktion war der Ruf: *Bestrafen!* Wir sagten ihm mit unerhörten Sätzen, daß er von Frau und Söhnen verlassen sei, wenn er irgendwas wie Strafe noch einmal erwähne. Er verstummte gereizt, fiel in sich zusammen und zog sich zum Herzanfall in sein Zimmer zurück.

Mein kleiner Bruder lebte, doch nichts war gut. Er wurde von seinen Eltern zurückgeholt. Man fand ihn vor mit geschorenem Kopf, in Waisenhauskleidung und gut gelaunt. Das Erscheinen der Eltern war ein Entsetzen, die Rückfahrt im Wagen nach Deutschland ein hartes Verhör.

Er war mit Autostop aus Freiburg verschwunden und *ganz normal* auf der Brücke ins Elsaß gelaufen, unsichtbar an Schlagbaum und Zoll zweier Länder vorbei. Er wollte nach Paris, warum Paris. *Briefmarkenalbum* hieß sein Zauberwort. Ich hatte von einer fatalen Adresse berichtet, das war der Sakristan von Notre Dame, der von Kindern Briefmarken kaufte im Dunkel der Kirche. Zu ihm war das Kind unterwegs mit seiner Ware, es wollte vom Geld der verkauften Briefmarken leben. Das Album befand sich in seinem Ranzen, als auf der Straße ein Wagen hielt und ihn mitnahm in Richtung Epinal. Mit dem Mann im Wagen hatte er Glück. Der begriff, daß ein Kind hier Geschichten machte, und brachte ihn zur Gendarmerie. Das Waisenhaus war ein menschenmöglicher Ort. Der deutsche Junge wurde ausgehorcht (geschoren, eingekleidet und gut ernährt) und fühlte sich unter den Waisen wohl.

Der *Schoß der Familie*, ein bekannter Abgrund, nahm den Weggelaufenen wieder auf. Er war blaß, verstört, konnte nichts erklären und schwieg. Die zerdrückten Drohungen meines Vaters, seine Andeutung eines *Fluchtverbrechens*, verletzten den Jungen immer mehr. Seine älteren Brüder waren ohnmächtige Freunde, doch waren sie da und schadeten nicht. Das Gymnasium beschloß, den Jungen zu schassen, der Beschluß der Lehrerschaft kam als Blauer Brief. Deutsches Gymnasium Anfang der fünfziger Jahre: der Schüler hat den Unterricht versäumt, strafbares Fortbleiben ohne Entschuldigung. Mein Vater verstummte, meine Mutter schrie. Ich sah die Frau, die meine Mutter war, nie wieder so entschlossen, so hell und stark. Sie war die Löwin. Wir verschafften uns Eintritt in die Häuser der Lehrer, sie bat nicht um Verständnis, sie forderte es. Ihr Auftritt schüchterte die Pauker ein; zwei Charaktere fanden zu der Erkenntnis, daß hier ein Notfall zu bedenken sei. In privaten Verhandlungen wurde durchgesetzt, daß das verdammte Kind am Leben blieb, dieselbe Schule nahm es wieder auf. Mein Vater war erleichtert und konnte behaupten, der Zwischenfall sei ohne Bedeutung gewesen.

✣

Vom Leben meiner Großmutter wußte ich nichts. Es schien nicht notwendig, etwas von ihr zu wissen, ich mußte nichts von ihr wissen, denn sie war da, im Mittelgrund der Verwandtschaften, eine Matrone, ein freundlicher, alter Mensch, nicht genau zu erkennen. Man schrieb ihr Weihnachtsbriefe und dankte für Päckchen, der Großvater wurde durch Grüße miteinbezogen (meine Mutter diktierte, mir fiel nichts ein). Sie waren die Eltern der Mutter und lebten in

Erfurt, sie kamen zu Besuch und verschwanden wieder, zwischen Nähe und Ferne ein unverständliches Paar.

Das Gesicht der Großmutter sah erloschen aus. Die Haut war schlaff und weich, die Kleidung dunkel, das Haar ergraut (am Hinterkopf hing ein Knoten), die Augen freudlos hinter grauer Brille, die Stimme klagend ohne Grund. Sie schien von Gegenständen verfolgt zu werden – Nadeln, Haarnetzen, Teelöffeln oder Knöpfen. Die Hutnadeln in der Schale gehörten ihr und die schwarzen Handschuhe auf dem Spiegeltisch. Ein Nähtischchen voller Knöpfe, ein Sekretär (mit spitzen Schlüsseln und grüner Löschunterlage). Vitrinen voll Tafelsilber und Porzellan (Saucieren und Puddingschüsseln, ein Teeservice). Über dem Sofa ein Bild mit See und Kiefern, die in der Abendsonne zu brennen schienen (später erfuhr ich, daß es von Leistikov war).

Der Inhalt des Großelternhauses war rätselhaft. Er lebte davon, daß er alt und bedeutungsvoll war, und wurde von niemand in Anspruch genommen. Ein Speicherraum voller Stöcke und Sonnenschirme; Pampuschen, Matrosenanzüge und Hüte mit Federn, in rundlichen Schachteln untergebracht; alte Holzbaukästen und Zinnsoldaten, eine Kullerbahn, zwei Zylinder, vier rosige Puppen; Romane und Ansichtskarten in staubigen Bündeln; Naturkundebücher und Orden der Kaiserzeit.

Mein Großvater lebte im Haus wie ein altes Möbel,

das seinen Gebrauchswert verloren hat. Ein Griesgram schlurfte durch die Kinderzeit, ungesprächig, in braunen Herrenanzügen, mit der Leidenschaft für Tabak, eine knarrende Stimme, die nichts an eigener Sprache verlauten ließ. Er schlürfte die Suppe quer vom Löffel, schnitt Markierungen in die Brotration, pflanzte eigenen Tabak im kleinen Garten und blätterte unduldsam die Zeitung durch. In seinem Büro standen ein brauner Sessel, ein brauner Schreibtisch, ein braunes Sofa aus Leder und ein brauner Schrank mit Buchrücken hinter Glas. Braun war auch die Bronze eines sitzenden Knaben, der einen Dorn aus der Fußsohle zog. Braun waren die Schreibunterlage und der Papierkorb, der Vorhang braun, das Rembrandtbildnis braun. Der alte Mann saß dort des Rauchens wegen, stinkend nach Loden und kaltem Qualm.

Seine Frau trat selten bei ihm ein. Man durchquerte das Zimmer, um auf die Veranda zu gehn. Dort wurden Matratzen ausgeklopft.

Das Leben dieser Frau ließ mich nicht los. Es kam zum Vorschein während ihres Sterbens und wurde sichtbar nach ihrem Tod. Auf Fotografien, deren Ovale verschweben, im Schleier jahrzehntelangen Vergilbens, erschien sie als Schönheit der Jahrhundertwende, in engtaillierten Kostümen und duftigen Spitzen, schlank und groß, voll herzzerreißender Anmut, mit träumerisch offenen Augen und zartem Teint. Im unpersönlichen Zauber des Mädchenbildes war Hoffnung als etwas Persönliches ausgedrückt. Sie galt als die schönste unter den Schwestern, verführerisch, entzückend, froh und fein, da war ein Anflug von Akzent charmant (sie kam aus Thüringen nach Berlin).

Ihr Bräutigam war ein ungewöhnlicher Mensch. Preußischer Ehrenmann, Sozialdemokrat, politisch couragiert, ein kritischer Kopf, in deutlicher Opposition zur Monarchie. Schiffbaumeister und glänzender Ingenieur, Mitarbeiter des Grafen Zeppelin (man war am Bodensee bei ihm zu Gast) und Autor eines Buchs, das als wegweisend galt (*Von der Wasserverdrängung der Schiffe* etc.). Man diskutierte die Provokationen der Zeit – Hauptmann, Schnitzler und Wedekind, Ibsen und Shaw; man las die skandinavische Literatur, man kannte Richard Dehmel und Heinrich Mann. Das Leben in Berlin und die strahlende Ehe, das großzügig dargereichte, bewegliche Leben, die Walzer, die Feste, die Opern, die üppigen Reisen, die Erfolge des Ingenieurs und die eigene Schönheit – das schien die Erfüllung eines Traums zu sein. Die Tochter wurde geboren, danach der Sohn, sie bestätigten Schönheit, Begabung und Intelligenz. Meine Mutter wurde verwöhnt und sehr geliebt. Sie beanspruchte Aufmerksamkeit, Bejahung, Glück.

Im September 1913, in staatlichem Auftrag, überführte mein Großvater ein von ihm gebautes Luftschiff von Friedrichshafen am Bodensee nach Berlin. Ein Probeflug folgte am 17. Oktober. Das *Marine-*

luftschiff L2 – ein *Kriegsinstrument* – war zum Triumph der deutschen Nation erklärt. Es stieg in Berlin-Johannisthal auf und wurde am Abend über der Stadt erwartet, niedrig schwebend aus nordwestlicher Richtung. Die Großmutter wartete mit ihren Kindern, hoch über der Kaiserallee im offenen Balkon. Die Ankunft des Luftschiffs hatte Zeit, dann war die Zeit vorbei und man wartete weiter. Dann war die Zeit zu spät, die Luft blieb leer. Ein Assistent erschien und teilte ihr mit, daß ein Unglücksfall zu berichten sei. Der Zeppelin sei in der Luft explodiert, kein Überlebender, ihr Mann sei tot.

Im *Berliner Tageblatt* desselben Abends stand der folgende Bericht zum *Hergang des Unglücks*:

»Das neue Marineluftschiff L2, das vor etwa drei Wochen von Friedrichshafen nach dem Flugplatz Johannisthal übergeführt wurde und dort in einer besonders konstruierten Luftschiffhalle Aufnahme fand, sollte heute zu einer längeren Übungsfahrt aufsteigen, der morgen eine Fernfahrt nach Hamburg folgen sollte. Die Berliner Bevölkerung hatte es in diesen drei Wochen oft gesehen, wenn es, dickbauchig und auch sonst in der Form wesentlich anders als die Passagierluftschiffe, hoch oben über die Dächer dahinflog. Die Abfahrt des Luftschiffes verzögerte sich etwas, weil der eine der Motoren nicht funktionieren wollte, und einzelne Leute der Bedienungsmannschaften äußerten ihre lebhaften Bedenken. Schließlich kam aber der Motor in Gang, und das Luftschiff hob sich gegen 10 / ein viertel Uhr mit seiner aus insgesamt 26 Mann bestehenden Besatzung in die Luft. Es stieg sehr schnell auf etwa 300 Meter Höhe, kreuzte erst eine Weile über dem Flugplatz Johannisthal und fuhr dann in der Richtung nach dem Teltowkanal davon. Plötzlich, als es sich in der Nähe von Rudow befand, schoß aus dem vorderen Teil des Luftschiffs eine gewaltige Stichflamme heraus. Unmittelbar darauf folgte eine furchtbare Detonation, die meilenweit im Umkreis gehört wurde, und schon in der nächsten Sekunde stand das ganze Luftschiff in Flammen.

Durch die Gewalt der Explosion wurde die Ballonhülle in Abertausende von kleinen Fetzen zerrissen, die wie ein Regen über das Feld niederrieselten. Von dem Luftschiff sah man hoch oben in der Luft einen Augenblick lang die glänzenden Aluminiumstangen des Gerüstes, und dann sauste der schwere Schiffskörper in Rauch gehüllt zur Erde herab. Während des Sturzes sprangen zwei Mann der Besatzung aus der Gondel heraus. Sie wurden von dem auf sie stürzenden Gerüst des Luftschiffs zermalmt. Die Mitte des Körpers, die eine unförmliche Masse bildet, hat sich tief in den Boden eingegraben, während die beiden Enden senkrecht in die Höhe ragen. Die Nachricht von dem Unglück verbreitete sich außerordentlich schnell. Von allen Seiten strömten Hunderte, dann Tausende von Menschen herbei in der unbestimmten Hoffnung, sich noch helfend betätigen zu können. Vom Flugplatz Johannisthal kamen die Flieger und die dort anwesenden Offiziere in Automobilen und allen möglichen Gefährten herbei. Sämtliche Feuerwehren der umliegenden Ortschaften wurden alarmiert, und schon nach wenigen Minuten waren die ersten Hilfsmannschaften zur Stelle. Dann trafen die freiwilligen Feuerwehren von Britz, Rudow, Treptow und Oberschöneweide ein. Die Leitung der Bergungsarbeiten übernahm Oberleutnant Fritsch –« etc.

Die Opfer des Unglücks wurden einzeln gewürdigt. Über meinen Großvater war zu lesen:

»Der kaiserliche Marinebaumeister Felix Pietzker wohnte Südende, Seestraße 9. Er war 36 Jahre alt, verheiratet und Vater zweier Kinder, 2 1/2 und fünf Jahre alt. Schon im Jahre 1912 befaßte er sich mit dem Bau von Flugzeugen und wurde in Johannisthal von den Albatros-Werken im Fliegen ausgebildet. Er wurde dann als Sachverständiger auf die Marineflugzeugstation Putzig berufen, wo er selbst einen Eindecker baute, mit dem er als erster deutscher Marineoffizier größere Seeflüge ausführte. Pietzkers Urteil wurde stets beim Ankauf von Marineflugzeugen vom Reichsmarineamt geschätzt. Er war längere Zeit in Paris, Monaco und Deauville auf Studienreisen, wo er im Dienste des Amtes Beobachtungen über ausländische Wasserflugzeuge anzustellen hatte.«

Die junge Witwe stand verloren da, ohne Entscheidungskraft und Welterfahrung, verwöhnt, an Glück gewöhnt, und ohne Halt. Die Verstörung der Kinder machte sie fassungslos. Verelendung schwächte sie, ihre Anmut erlosch.

Die Familie nahm sich ihrer an. Eine zweite Ehe stand für alle fest, nach angemessener Zeit, doch ohne Verzögern. Sie brauchte den Schutz eines Mannes in dieser Gesellschaft, die Garantie ihrer weiblichen Reputation. Sie mußte von einem Ernährer beglaubigt sein, zwei kleine Kinder waren vaterlos. Ihr blieb die Wahl des Mannes und sonst nichts. Die Wahl des Mannes wurde ihr nicht gewährt.

Unerwartet trat ein Verehrer auf: der Bruder ihres Mannes warb um sie. Die Familie nahm seinen Antrag erleichtert entgegen. Eine Tragödie wurde beigelegt, in familiärer Diskretion erstickt. Die Hochzeit fand in aller Stille statt. Die Braut war eine ausgestorbene Frau.

Der neue Mann hieß Karl, ein schwerer Mensch. Er sprach nicht viel und lebte in der Form, die seinesgleichen vorgezeichnet war: ein kleiner Bürger in Zufriedenheit. Er verbrachte den Tag in einer Baubehörde, Pläne zeichnend, kopierend und koordinierend, ein Stein ohne Anstoß, ein subalterner Beamter, ein Mann ohne Merkmal, als Vater bedeutungslos. Der Haushalt in Berlin wurde aufgelöst. Man zog in ein Reihenhaus am Rande Erfurts, der Garten war eng, die Straße schmal, ein Pfarrhaus, ein Milchgeschäft, eine Gärtnerei; ein paar Kohlfelder, eine Chaussee, ein Ausflugslokal am Wald, die Haltestelle der Tram zehn Minuten entfernt. Die erste Ehe verschwand auf dem Speicher, in Schränken, Hutschachteln, Wäschekörben, nie wieder wurde Heinrich Mann erwähnt. Man fuhr nach Pommern in die Sommerfrische und in den Norden aufs flache Land.

Stillstand des Lebens zehrte an ihren Kräften, was sie dabei empfand, wurde nicht bedacht. Sprachlos, selbstlos, um der Kinder willen, verschwand ihre Zeit in der Zeit anderer Menschen, ein provinzielles Dasein ohne Zauber – Liköre, Bridgepartien und *kleine Freuden*. Untröstlichkeit, zur Gewohnheit geworden, Ermattung, Jammer, festgefressener Gram. Der zweite Vater hatte nicht viel zu sagen, er wurde wenig beachtet und nicht geliebt. Die Tochter hing an ihrer Mutter fest, sie wurde geliebt wie niemand sonst. Nie wieder war die Liebe einfach da, nie wieder ohne Kalkül oder Vorbehalt. Der Tod ihres Vaters, der Gram ihrer Mutter, die Unlebendigkeit ihres Nachfolgevaters, das Freudlos-Förmliche ihres Elternhauses – es war der Schock, eine Wunde blieb offen.

Erkältung der Seele ein Leben lang.

✲

Die zweite Ehe dauerte fünfzig Jahre. Im Milieu des Staatsbeamten war alles gleich: die Weltkriege, Revolutionen und Republiken, die Diktatur, die Besatzung und Gott und Welt. Der Beamte nahm das Parteibuch der Nazis entgegen, das nicht vorhandene Weltbild blieb intakt. Die Zeit verging in vorgefaßter Weise, ereignislos, in ruhiger Stagnation. Die Kinder wuchsen auf, der Trost ihrer Mutter, der Sohn erfreute durch Verstand und Ehrgeiz, bewundert von seiner Schwester, in Liebe beneidet, sie stand im glanzvollen Schatten des einzigen Sohns. Er wurde Jurist, war Mitglied der Partei, dann Offizier, dann heldentot in Rußland. Das Jammern der Mutter nahm kein Ende. Sie ließ sein Grab in tausend Löchern suchen.

Das Haus in Erfurt blieb vom Krieg verschont. Die Tochter zog mit ihren Söhnen ein, im November 44, aus Freiburg kommend, und brachte Lucie, das Dienstmädchen mit. Es folgten *die Bombennächte* und *der Beschuß*, die Razzien der Amerikaner, danach der Russen, es kam die Kälte, das Hungern, die Flucht ins Bett. Das nackte Überleben machte stumpf und matt, doch gab es noch manchmal Kartoffeln und Graupen, Äpfel mit Graupen, Kartoffeln mit Äpfeln. *Es ist möglich, daß wir zugrunde gehn.* Meine Großmutter irrte allein durch die Straßen, mit braunem Haarnetz, ohne Hut und Schal, und ich brachte sie, wenn ich sie fand, in das Haus zurück, sie schwankte in dunklen Kleidern neben mir.

Es kam der Überdruß an Angst und Mühsal und wehrte langes Leben ab. Verzweiflung greinte in ihrer Stimme, sie weinte ohne Tränen, sie weinte und weinte. Es wurden Flüchtlinge einquartiert, man hauste eng in unterteilten Räumen, die Teppichwände, die Küchenstunden, die Bridgepartie im angeheizten Zimmer, mit Mänteln, Handschuhen, kalten Füßen. Das Alter kam und der Wunsch nach Frieden, es kam nichts Leichtes an Leben nach. Die Tochter ging nach Freiburg, zurück in den Westen, und holte die Kinder einzeln nach. Einmal im Jahr erschien dort das alte Paar, Besucher aus der *Zone*, stille Leute, dankbar für Aufmerksamkeit, Kaffee und Tabak. Sie glaubten, daß die Familie harmonisch lebe. Die Lage der Kinder war glücklich, die Ehe *gediegen*, das Dasein im Staat human, die Zukunft frei.

Ein Schlaganfall meines Großvaters reduzierte ihr Alter. Er lag zehn Jahre im Doppelbett, bewegungslos, dann sprachlos, zuletzt vergreist. Sie pflegte ihn, ich wußte nicht, was das hieß. Die sanfte Sorgfalt hielt sein Leben hin. Sie kochte, fütterte, bettete ihn, versuchte Trost zu geben und hielt ihn sauber (die Wäsche, der Stuhlgang, das Bettgeschirr). Zehn Jahre Mühsal, kein Laut von Klage, in Mattigkeit, Geduld, und ohne Hoffnung. Sie schwankte auf verbrauchten, dünnen Beinen. Der Greis versickerte in Schlaf und Tod.

Dann stand die gute Greisin da, und fünfzig Jahre Haushalt wurden frei. Sie wurden aufgelöst, verkauft, verschleudert, das Haus blieb im Besitz der DDR. Die Großmutter wurde nach Freiburg geholt, ein Platz war im Altenheim reserviert, *protestanti-*

sche Einrichtung mit dezenter Pflege, in der auch meine Mutter ihr Alter verbrachte, vier Türen vom Totenbett ihrer Mutter entfernt. Die Reste der Vergangenheit trafen ein, per Bahntransport, in zwei schweren Behältern. Man packte Kleider aus, zerlegte Möbel, Briefe und Bilder in zerkratzten Rahmen, und richtete vier graue Wände ein.

Die letzten Jahre der Großmutter waren gut, es war der Wunsch ihrer Tochter, sie erfüllte ihn. Die Greisin wurde täglich im Heim besucht, sie wurde unterhalten und ausgeführt. Die Fünfundachtzigjährige wachte auf. Sie sah das Land, in dem sie lebte, nüchtern, las Zeitung, kommentierte das Zeitgeschehen und nahm mit Takt die Ehe der Tochter wahr. Ich lernte eine alte Verwandte kennen, die welk und wacklig und voll Leben war. Ihre Güte war ihr nicht bewußt. Reinheit, kristallisierte Resignation. Man saß mit ihr auf einer Bank, man ging mit kleinen Schritten im Park herum. Das Licht des Breisgauer Sommers tat ihr gut, und sie genoß es, ohne es zu betonen. Ihr Weinen war versiegt, ihr Wesen war Geduld. Sie sprach vom Tod, als sei er angestellt.

Liebe zu einer Verwandtschaft, nie erfahren, war hier Erschütterung und Sympathie. Die Greisin sprach vom Hier und Heute, und ihre Zeit war fast vorbei. Sie fragte nach den Büchern, die ich schrieb. Die himmelleer erschöpften Augen liebten.

Immer kleiner, fahl und schütter, in den Sessel

schrumpfend, Haut und Knochen. Der Tod kam sichtbar, wiederkäuend, und ließ ihr Zeit, sich zu verwandeln. Das halbe Jahr vorm Tod war eine lange Frist. Man stellte fest, wenn sie erinnernd sprach, daß Zeit und Namen sich in ihr verschoben. Ihr Mann hieß wieder Felix und nicht Karl. Der Geliebte war bei ihr, sie wußte nur ihn, sie war allein mit ihm in anderer Zeit. Aus fünfzig Jahren jede Spur verschwunden. Sie sprach von ihrer Jugend in Berlin.

Die Agonie beließ ihr diesen Traum. Sie erlosch, als der Kreis sich geschlossen hatte. Die Urne wurde amtlich überführt und neben dem Vergessenen beigesetzt.

✻

Herrliches Jahr, als alles hinter mir lag, die Jugend, die Schulzeit und das Gefühl, an Enge und Dürftigkeit zugrunde zu gehn. Fliegend und frei, in lebendigen Bildern atmend, in der grenzenlosen Gewißheit eigenen Lebens, so daß ich mich fragte: was war so entsetzlich gewesen, daß ich glaubte krepieren zu müssen in dieser Qual. In diesem Sommer bewegte mich eine Entscheidung, an der ich festhielt, obwohl sie mir zweifelhaft schien.

Das Gedächtnis hält leuchtende Momente fest. Boulevard Arago, Paris, ein Morgen im Juni, ich lief auf dem kühl beschatteten Boulevard (in einer Klinik dort war Vallejo gestorben). Ich hatte mich angekündigt bei meinen Eltern (Freiburg, ein kurzer Halt auf dem Weg nach Rom), neu in Aufruhr versetzt von der alten Entscheidung, die Verbindung abzubrechen für alle Zeit. Ich beanspruchte alle Gewißheit zu meinen Gunsten: Zerstörung jeder Verwandtschaft, die zwangsläufig war. Ich hatte zuviel Gewalt und Empörung erfahren, zuviel Vernichtung durch Bürgerlichkeit. Ich gehörte mir selbst und wilderte in die Zukunft, mit den Chancen von Wahlverwandtschaft im offenen Raum. Das wollte ich verkünden und wieder gehn. Mit solchen Sätzen kam ich in Freiburg an.

Dort sah ich meine Eltern aus großer Entfernung, verhaftet in Sorge, Gewohnheit und Illusion. Ich sah ihre Mühen und Zwänge, Talente und Leiden, das Unentrinnbare ihres Zusammenseins. Sie waren nicht, wie ich geglaubt hatte, Ungeheuer, sie waren gewöhnliche Menschen in ihrer Zeit. Was immer sie unerträglich und furchtbar machte – etwas an ihnen war harmlos und fast entwaffnend, das meiste an ihnen normal und bedeutungslos. Forciertes Verneinen schien nicht notwendig zu sein. Lebenlassen war stärker als alles Zerstören. Was brauchte ich mich um ihre Schwächen zu kümmern, was hatte ich noch mit ihnen gemein.

Ich lebte in neuer Distanz und sprach sie aus, ich hielt an freundlicher Entgrenzung fest. Da hatte ich schon vergessen, was Eltern sind. Was konnten sie dafür – sie waren dieselben, sie wollten von ihren Kindern gesättigt sein. Sie wollten beurteilen, reden und partizipieren, und Familie war weiterhin ihr umfassendes Recht. Die Illusion, der nachgetragene Stolz, die blinde Herrschsucht ihres Elternseins; die Manipulierungsversuche und das Bestechen, das Aberkennen natürlicher Neutralität; die Instinktlosigkeit zweier Menschen, die Eltern heißen, das automatische Rechthaben Kinderbesitz; das hielt mich auf, ich mußte deutlich werden.

Das Deutlichwerden. Die uneingeschränkte Kritik. Das Abschütteln, die Verneinung, der kalte Bruch, und ich war neunzehn Jahre alt. Ich hatte anderes zu tun, als an Eltern zu denken.

Ein Gedankenspiel beschäftigte mich.

Gäbe es noch einmal Leben für mich, und wären wieder ähnliche Eltern da – ich ginge fort ohne weitere Folgen.

Das Glück zweier Menschen ist die Zeugung des Kindes. Alles Weitere ist endlos offen.

Kurzer Abgang ohne Schmerz und Zorn.

*

Seit dem Tod meines Vaters lebt meine Mutter allein. Die Etagenwohnung, seit dreißig Jahren gemietet, früh von den Söhnen verlassen, unverändert, ist die letzte feste Burg der Familiengeschichte. Die alternde, dann alt gewordene Dame ist die letzte Verkörperung ihrer Tradition. Im Zimmer meines Vaters bleibt alles beim alten. Die Bücher verstauben in alter Ordnung, dieselben Bilder dunkeln an der Wand, im Schreibtisch überleben Dokumente, und der Papierkorb wird nicht geleert. Mein Vater könnte wiederkommen, er fände seine Schuhe unter dem Bett. Der Wohnraum, früher zu eng, ist groß geworden. Die Gewohnheit, Türen abzuschließen, ist zum Gesetz ihrer Lebensweise geworden. Es wird nicht mehr in jedem Raum geheizt. Man steht vorm verschlossenen *Kinderzimmer* und meidet Leere, Winterkälte, Staub.

Es war nie leicht, ihr ein Geschenk zu machen. Die offene Freude stellte sich nicht ein. Das ihr gebrachte Ding belastete sie. Sie liebte nicht die für sie gemachten Sachen, die Billette und Zeichnungen ihrer Kinder, und es war nicht so schlimm, wenn sie wieder verschwanden. Im Alter hat sich die Abneigung noch verstärkt, sie kann ein schönes Papier in den Mülleimer werfen. Das mitgebrachte Ding beansprucht Raum, es beansprucht Aufmerksamkeit, die ihr häufig fehlt. Sie fürchtet Häufung nicht brauchbarer Dinge, den Verlust von Ordnung und Übersicht. Die Frage *erhalten oder vernichten* (der eigenen Tagebücher, der Fotos und Briefe) wird immer mehr zur Strapaze, sie schiebt sie auf. Bücher und Schallplatten sind nicht mehr erwünscht, außer Kriminalromanen und Thomas Mann. Man schenkt ihr Dinge, die sich verbrauchen, deren Reste sie leicht beseitigen kann. Sie verlangt, daß der Raum um sie und die Wohnung geleert wird. Wer sie besucht, nimmt etwas mit.

Der Tod ihres Mannes änderte nicht viel. Sie war einundsechzig Jahre alt. Die Zeit war da, noch einmal frei zu werden, das sagte sie gern: im Alter wieder leben, es wurde in Gegenwart meines Vaters betont. Es zeigte sich, daß ihr nichts Neues fehlte. Sie hielt verstärkt am Vorgegebenen fest, sie hielt das Monopol auf ihren Mann. Sie retuschierte, mit Eile und Energie, die Rollen des Toten und fälschte das eigene Bild. Sie zerstörte und unterdrückte, was gegen ihn sprach, sie stilisierte sich selbst mit allen Mitteln, in Reue, Trauer und Überlegenheit. Dem Sterbenden half ihr ungewohntes Erbarmen, es wurde größer nach seinem Tod. Sie untersagte Kritik an sich und ihm, verfaßte die Todesanzeigen in christlichem Ton, ließ ein Gedicht verschwinden, das ihr mißfiel. Es war für sie uninteressant, im Dritten Reich, daß ihr Mann ein nationaler Mitläufer war. Ihre Sorglosigkeit konnte ignorieren, daß er – zur Zeit der Bücherverbrennung – im SDS eine Rolle spielte, nachdem er von Juden und Linken gereinigt war. Daß ein Kollege dort Max Barthel hieß. Daß er faschistische Parolen signierte. Sie erstickte Wahrheit in Eigenliebe, verhinderte Einsicht, Kenntnis und Erkennen, behauptete Widerstand, wo keiner war, ließ ihren Mann als einwandfrei erscheinen, ließ ihre Söhne jede Täuschung glauben und unterzeichnete das falsche Bild. Es wäre, nach ihrem Willen, dabei geblieben. Sie ahnte nicht: die Wahrheit wird gebraucht. Sie wird hervorgeholt. Sie hilft sich selbst.

Sie setzte sich in den Formen fest, die ihr Mann geschaffen hatte und hinterließ. Sie hatte immer mal Feuilletons geschrieben, jetzt setzte sie den Beruf des Kritikers fort (Theater, Kino, Kunstverein). Sie schrieb so gut wie er und in seinem Ton, sie füllte die vorgegebenen Normen aus.

Sie war allein mit Alltäglichkeiten und Sorgen, entschied *triviale Fragen* nun allein (die hatte mein Vater von ihr ferngehalten). Sie war allein in der Schlaflosigkeit – *Wüsten der Schlaflosigkeit* von Kindheit an – und war allein vor allem mit sich selbst. Beschäftigt zu erscheinen, tätig zu sein, vor allem vor sich selbst und ihren Ängsten, die Kräfte der Selbsttäuschung zu erhalten – das war der Motor ihres Befindens, das ist der Motor täglichen Befindens. Sehr weit vorausgedacht erscheinen Pläne, die Sicherung ihrer Zeit liegt dort. Zerstreuungen sind zur Lebensfrage geworden. Ein Anlaß wird gern gesucht, noch lieber gefunden, ein Ausflug nach Straßburg lenkt sie ab, sie ist dankbar für ein Programm und für jeden Programmpunkt. Sie wandert mit Leuten, die sie nur flüchtig kennt, unternimmt Besuche und kleine Reisen, trifft alte Freunde und schläft im Hotel (es darf bescheiden sein, hat aber Stil). Sie festigt sich in jedem Leben, das ihr erreichbar ist und erträglich erscheint. Sie lebt sich ein in alles, was sie trägt. Sie braucht ihr Alleinsein und lernt es fürchten. Es ist keine Heiterkeit darin.

Ein Ausdruck von Unbehagen wird deutlich, sobald sie sich mit sich selbst befaßt. Sie lebt allein, da kann sie es nicht vermeiden, dem eigenen Zustand täglich zu begegnen. Ihr Zustand ist Ausdruck des nicht Produktiven, beklemmend für andere wie für sie selbst. Sie geht pfeifend in der Wohnung herum, sie pfeift, wenn Besuch erwartet wird, sie pfeift und summt, wenn er da ist und mit ihr spricht, sie pfeift und summt, wenn er wieder geht. Ein Eigentum Leben scheint sie nicht zu kennen, und es ist möglich, daß sie nichts besitzt, wo Form und Attitüde zu Ende gehn. Sie gibt sich Mühe, interessant zu erscheinen, die Langeweile strengt an, sie ist konsterniert. Ihr Lebenswunsch, nach Athen zu reisen, verfällt aus Mangel an Gelegenheit. Es müßte einer kommen, der sie begleitet, die Reise organisiert und die Tickets kauft. Von Griechenland weiß sie nicht viel, müßte also lesen, aber wer besorgt ihr die Literatur. Sie liest Kriminalromane, vor allem nachts; was gut zur Entspannung war, wird zur Sucht.

✲

Ich mag mich nicht mehr

Es ist in der Art ihres Altseins etwas, das mich berührt. Ich sehe eine Frau, die um ihr Selbstbild kämpft, mit allen Ausflüchten, Listen und Täuschungen, die ihr verfügbar sind. Ich sehe sie in der Bitternis ihres Alters. Sie kann noch immer jugendlich erscheinen.

Ihre Erscheinung wird sehr gepflegt. Sie stilisiert sich weiter und wird weiter bewundert. Ihre Kleidung ist ausgesucht und elegant.

Da es ihr nicht möglich ist, ohne Einblicke in sich selbst zu leben, nimmt sie ungewohnte Einbußen hin. Nicht immer wird ihr die Eigenliebe nachgesehn. Die Kritik ihrer Söhne macht sie fassungslos, sie will sie vor sich verbergen, und es gelingt, gelingt nicht und gelingt nach einer Weile. Aber die Schrecksekunde erschüttert sie. Ihr Anspruch, nicht bezweifelt zu werden, die Behauptung ihres Rechts auf uneingeschränkte Bejahung sind immer häufiger ins Schwanken geraten, sie sitzt entgeistert im Sofa und schweigt. Im Alter, wo andere Ruhe finden – sie ist fünfundsiebzig Jahre alt –, lebt sie ruhelos und mit heimlichen Ängsten. Immer noch behauptet sie, nicht zu wissen, was es an ihr auszusetzen gibt. Sie spricht davon, daß sie sich nicht mag. Doch scheint es auch weiterhin nichts zu geben, das sie sich nicht verzeihen kann. Sie ist so sehr Geschöpf einer Konvention, daß ihr nichts Unmittelbares verständlich wird. Die Contenance ist das Maß aller Dinge, die Eigenliebe ihr Elixier.

Sie überstand Krankheiten und Operationen. Unfälle derselben Art wiederholten sich, sie stürzte und brach ein Bein, einen Arm, ein Handgelenk. Ihre Unsicherheit im realen Raum, ihr Desinteresse an ihm, die Beziehungslosigkeit zwischen ihr und den Dingen, drücken sich in solchen Stürzen aus. Ihr Gang ist erdfern oder bodenblind, an der Beschaffenheit des Bodens nicht interessiert. Sie scheint darauf zu vertrauen, daß der Boden ihrer Gangart entgegenkommt. Sie tappt auf ihrem Weg und sieht nicht hin. Langes Liegen in Krankenhäusern und lange Pflegezeiten; Tage in Wartezimmern und wechselnde Ärzte; häufige Grippen, verschlechterte Augen. *Ich hänge ja nicht so sehr am Leben, in meinem Alter spielt das keine Rolle mehr.*

Der Behauptung widerspricht ein starker Lebenswille. Preußische und christliche Tugenden helfen ihr, die Miseren zu überwinden: Haltung, Tapferkeit, Ertragenwollen. Sie nimmt sich vor, gelassen oder froh zu sein. Sie ist entschlossen, ihr hohes Alter zu leben und lebt es bewußt, Briefe des alten Fontane lesend und in den Tröstungen der Kirche. Ihr Tag ist übersichtlich gestaltet. Sie legt sich ihren Kalender so zurecht, daß an jedem Tag ein Termin zu beachten ist. Gewohnheiten sind eine Form von Beruhigung, die sie eisern für sich beansprucht. Ihr Unwille macht sich an Nebensachen zu schaffen, dort vertiefen sich Angst und Unsicherheit. Sie braucht einen Gärtner, kann ihn nicht bekommen. Zu telefonieren fällt ihr nicht ein, es ist zu mühevoll, sie hat keine Lust. Sie macht die Arbeit selbst, erschöpft sich und ist verstimmt. Die Küche ist ein lebloser Raum, voll von Töpfen und Öfen außer Gebrauch.

Die Besuche ihrer Söhne, ihre Anrufe und Briefe erfreuen sie. Sie bedauert, daß sie nicht häufiger sind. Sie sättigt sich an ihren Leben, obwohl ihr nicht viel gegeben wird. Sie kennt ihre Leben nicht und kann sie nicht kennen, da sie überzeugt ist, sie gut zu kennen. Sie kennt sich nicht und kann sich nicht kennen, da sie überzeugt ist, sich selbst zu kennen. Sie liest meine Bücher mit Genugtuung, und ich weiß nicht, was sie in ihnen entdeckt. Die Genugtuung ist da, weil die Bücher da sind und weil sie von einem Sohn geschrieben wurden. Sie berichtet einfühlsam von ihrer *Lektüre* und hält an dem guten Glauben fest, daß Kunst mit *hohen Werten* identisch sei. Daß Sprache mit Handwerk zu tun hat, ist zu konkret, doch ist ihr der Verbrauch von Zeit verständlich. Sie schätzt Erfolge und ignoriert ihr Gegenteil. Sie spricht noch von Nachwelt, während die Zukunft zusammenbricht.

Seit dreißig Jahren reist sie jährlich in die DDR. Sie trifft dort Freunde aus ihrer Jugend, Freundinnen und Verwandte. Sie hält sich in Erfurt und Thüringen auf und besucht die Gräber ihrer Familie. Sie nimmt westliche Geschenke mit und bringt östliche zurück. Der sozialistische Staat erschüttert sie, sie fühlt sich seiner Tristesse immer weniger gewachsen. Das Leben der Menschen dort erscheint ihr hoffnungslos, die Städte sind verkommen, das Dasein stagniert. Ihre letzten Verbindungen brechen ab durch Tod oder Entfernung. Der Staat ist trister und fremder geworden, das Reisen beschwerlicher, das Tragen von Gepäck ermüdender, und sie sieht keinen Grund, ihre Reisen jährlich zu wiederholen.

Ihre Freunde und Freundinnen werden alt. Für späte Verluste von Sympathie, für Zerwürfnisse und Verstimmungen, entdeckt sie weiterhin keinen Grund in sich selbst. Freundinnen, seit fünfzig Jahren vertraut, sterben in hohem Alter. Sie nimmt an ihren Sterben teil, besucht sie in Altersheimen, nimmt Abschied für immer. Sie sieht die Auflösung familiärer Formen, das Zerstreutwerden der Nachlässe, und versucht, sachlich darüber zu sprechen. Der Gedanke an ein Altenheim wurde immer wieder verschoben. Es handelt sich um den Wunsch, in einer christlichen Gemeinschaft zu leben, und um den Versuch – eine nichtbewußte Erpressung –, auf sich und ihr Alter aufmerksam zu machen. Daß man sich um sie kümmere, einen Rest von Familie um sie zusammenhalte. Der Gedanke, die Wohnung aufzugeben, wurde immer wieder verschoben.

Das Schreiben von Tageskritik wurde seltener und hörte auf. Die Redaktionen erneuern sich. Junge Journalisten treten auf, schreiben eine andere Sprache und beanspruchen Mitarbeit, Honorare, Einfluß. Ihre Enttäuschung verschwindet hinter der Behauptung, daß Kraft gespart und Zeit gewonnen werde. Es entfallen Anregungen und Gründe, die Wohnung zu verlassen.

Ihr Interesse für Musik ist erloschen. Ein Klavier steht noch da, wird aber nicht benutzt. Nach dem Tod ihres Mannes begann sie noch einmal zu üben, nahm Unterricht und versuchte, Mozart zu spielen.

Das Interesse brach ab, als ein Sturz ihr Handgelenk verletzte. Das Hammerklavier ihrer Jugend überstand den Krieg und mehrere Transporte. Es wurde ausgeräumt und als Kommode verwendet. In ihm befinden sich Schallplatten, die sie nicht hört, Klassiker, Choräle und Debussy, Songs der Dreigroschenoper, die mein Vater liebte, in unbesorgten Momenten zu pfeifen versuchte.

Seine Gedichte will sie nicht mehr lesen. Dem Vorschlag eines lokalen Verlegers, Verse ihres Mannes zu drucken, steht sie besorgt und ohne Entschluß gegenüber. Sie erbittet Rat und hofft, daß ihr die Entscheidung abgenommen wird.

Vergangenheit beschäftigt sie in der eigenen Familie. Die Familie ihres Mannes hat an Bedeutung verloren.

Im hohen Alter beginnt sie, zögernd und nicht häufig, von sich zu sprechen. Erst im Zweifel beginnt sie, zugänglich zu erscheinen. Sie gibt mir erst jetzt die Gelegenheit, etwas von ihr zu erfahren, Andeutungen, wenig privat.

Ich kann ihr zuhören und Antwort geben. Es ist nicht zu spät, ihr und mir selbst zu widersprechen.

*

Die Bindung an ihre Gemeinde hat sich verstärkt. Sie beschäftigt sich in der Friedensbewegung (Arbeitsstunden in einem Umweltladen, Gruppenbetreuung einer Flüchtlingsfamilie). Dort lernt sie junge Leute kennen und ist als hilfreiches altes Wesen willkommen. Ein wenig Selbstironie erlaubt ihr zu sagen, daß sie als *hilfreiches altes Wesen* erscheint. Sie ist in dieser Gemeinschaft aufgehoben und kann ihrer Teilnahme sicher sein. *Wärme spenden* ist ein willkommenes Wort. Der alte Hochmut wird hier gut ernährt. Sie ist überzeugt, ein sozialer Mensch zu sein. Ihre Hilfe wird gebraucht.

Ihr bevorzugter Platz war ein Schweizer Schwesternhaus. Sie war dort in dreißig Sommern zu Gast. Haus Sonneblick, ein Alten- und Pflegeheim, auf den Höhen des Appenzeller Landes, zwischen Bodensee und Alpenketten im Föhn. Dort wurden Tagelöhner und Kranke gepflegt, Gäste aus Ostblockländern, verbrauchte Knechte. Dort konnte sie dasein, wie es ihr entsprach: in Betrachtung anderer, tätig in eigenen Grenzen, singend, sprechend, vielleicht auch tröstend, ein wenig dienend in den Gesetzen des Hauses. Sie war mit der leitenden Schwester früh befreundet, man hatte gemeinsam in Paris studiert. Andere Freundinnen waren damenhaft, bürgerlich elegant, gebildete Frauen – in dieser Freundin fand sie beständigen Halt. Hier ruhte sie sich von ihrer Ehe aus.

Die Gestalt der Schwester stand fest und streng, in herrischer Güte über dem Altenheim. Immer ausgeglichen und immer tätig, in prinzipieller Heiterkeit erscheinend, spröde klösterliche Majestät, von grauer Schwesterntracht verhüllt. Ich lernte sie in meiner Jugend kennen, die Distanz ihrer Güte erschien mir grauenvoll. *Güte* war nie frei von der guten Art, mit der man das Gute zu erkennen gab. Ihr Blick erfaßte gerecht jedes sichtbare Ding: den Menschen, die Katze, den Wundverband und das Brot. Ihre Stimme, ähnlich den Tonarten meiner Mutter, schien natürliche Laute nicht zu kennen (schluchzen, schreien, lachen etc.). Ihre Gegenwart untersagte natürliches Glück. Ich wurde gerecht empfangen, gerecht entlassen, gerecht unterrichtet und gerecht ernährt. Meine Mutter schwärmte für diese Gerechtigkeit. Sie hatte in der Schwester ein Vorbild zur Seite.

Aufopferung, ein Wort, das ihr teuer ist.

Die greise Schwester wurde abgelöst. Meine Mutter verlor das Gastrecht im Heilen Haus. Sie verbringt ihre Ferien an wechselnden Orten, bei Freunden und Verwandten, sie reist und liest.

Seit ein paar Jahren ist ihr Alter gut. Sie ist im Besitz einer unangreifbaren Freude, die alles vergessen läßt, verdrängt und vergoldet: sie hat Enkelkinder, eine Familie ist da. Der Stoff, von dem sie zehrte, ist wieder frisch. Neue Glaubwürdigkeit gibt ihr zu leben. Als Großmutter kann sie schöne Rechte behaupten. Anteilnehmend verwirklicht sie einen Anteil, der sie nicht haftend macht, sie kommt und geht. Sie kann sich für ihre Enkelkinder entzücken, sie findet gut und glücklich, was sie erlebt. Probleme sind ihr bewußt (sie betreffen andere), sie kann räsonieren und Überzeugungen äußern. Verantwortung haben andere, sie darf begleiten, sie wird hinzugezogen und wird geschätzt. Sie hat eine Rolle, und das tut ihr gut. Zuständigkeit aus Distanz, in gefiltertem Zustand, ohne dreckige Wäsche, sie macht nichts Entscheidendes falsch. Die Enkel sind klein und zweifeln nicht an ihr. Das Gute geht weiter, der Glaube kann wieder hell sein. So wird sie im hohen Alter noch einmal bestätigt.

✤

Jene Frau, die meine Mutter war.

Sie starb in einem Freiburger Altenheim, 92 Jahre alt, ein Pflegefall. Von den Mühen des Alters blieb ihr nichts erspart. Sie wurde älter, noch einmal älter, wie viele Male älter und schließlich alt. Sie sprach *le grand age* mit kühlem Mißfallen aus. Zuletzt eine Greisin, verwirrt und hilflos, bis fast zuletzt in der Contenance ihres Wesens, Haltung behauptend mit freudloser Stärke: *Nein, ich muß dankbar sein in meinem Alter* – ein Satz, dreißig Jahre lang wiederholt. Es kamen Krankheiten, Unfälle, Operationen, Aufenthalte in Kliniken, Reha-Stationen, und einmal auch Krebs, erfolgreich entfernt. Man sah sie zuletzt mit Stock oder Laufgestell, in langsamer Fortbewegung und immer schwächer, attraktiv bis ins hohe Alter, *lebenssatt*, in Hochmut gefestigt, unzugänglich, eine Frau, die Blumen nicht mochte, sich Blumen verbat, nicht beschenkt werden wollte, es sei denn von ihren Enkeln (durch die ihr ein langes Leben möglich war).

Sie lebte in ihren Gewohnheiten bis zuletzt, dirigierte Menschen, wenn das gut für sie war, nahm Menschen in Anspruch als Hilfe und als Gesprächsstoff, kam Bedürftigen entgegen nach eigenem Ermessen und sofern der Betreffende sie in Ruhe ließ. Sie erschien tolerant aus Gleichgültigkeit und war fähig, lebendiges Leben zu verneinen, sie verteilte Demütigungen wie andere Bonbons. Ihr fehlte Natur, daran konnte sich nichts mehr ändern. Daß ihre Freunde vor ihr starben, in hohem Alter wie sie, schien nicht viel zu bedeuten. Sie fühlte sich alt, doch nicht vom Tod bedrängt, und nahm mit Unwillen neue Leiden wahr. Von meinem Vater war keine Rede mehr. Ich besuchte sie noch, es geschah aus Höflichkeit, empfand etwas für ihr Alter, mehr als für sie, und hoffte, daß ihr Dasein noch gut für sie sei, sinnvoll, ohne Schmerz oder zu ertragen. Ich konnte noch wünschen, daß sie sich nicht überlebte.

Sie verschwand aus Zeit und Zeitgeschehen, entfernte sich aus der Geschichte des eigenen Lebens, und selbst *Gemeinde* war nicht für immer gut. Als ein Pfarrer ihr mißfiel, ging sie nicht mehr hin. Sie war immer mehr davon überzeugt, daß ihr Leben der Hoffnung von einst entsprach, daß den Plänen entsprach, was aus der Familie wurde, daß dies alles geworden war, wie die Wünsche es wollten, und blieb mit sich einverstanden bis zuletzt.

Christoph Meckel
im Hanser Verlag

Nachricht für Baratynski
Mit einer Zeichnung des Autors
1981. 160 Seiten

Anabasis
88 reproduzierte Radierungen
Mit einer Vorbemerkung des Künstlers
1983. 188 Seiten

Ein roter Faden
Erzählungen
1983. 392 Seiten

Souterrain
Gedichte
1984. 80 Seiten

Bericht zur Entstehung einer Weltkomödie
Mit einem Frontispiz des Autors
und einem Werkverzeichnis
1985. 132 Seiten

Plunder
Prosa
1986. 136 Seiten

Anzahlung auf ein Glas Wasser
Gedichte
1987. 88 Seiten

100 Gedichte
Ausgewählt und mit einem Nachwort
von Harald Weinrich
1988. 160 Seiten

Erinnerung an Johannes Bobrowski
Mit drei Veduten des Autors
Edition Akzente
1989. 72 Seiten

Die Messingstadt
Roman
1991. 136 Seiten

Shalamuns Papiere
Roman
1992. 192 Seiten

Gesang vom unterbrochenen Satz
Drei Poeme
1995. 80 Seiten

Ein unbekannter Mensch
Bericht
1997. 108 Seiten

Dichter und andere Gesellen
Essays
1998. 192 Seiten mit 6 Abbildungen

Zähne
Gedichte
2000. 80 Seiten